A FÚRIA E OUTROS CONTOS

SILVINA OCAMPO

A fúria
e outros contos

Tradução
Livia Deorsola

Posfácio
Laura Janina Hosiasson

4ª reimpressão

Companhia Das Letras

Copyright © 1959 by Silvina Ocampo
Copyright © 2019 by Herdeiros de Silvina Ocampo

Grafia atualizada segundo o Acordo Ortográfico da Língua Portuguesa de 1990, que entrou em vigor no Brasil em 2009.

A tradutora agradece a Rita Mattar, Cristina Deorsola e Silvia Deorsola Sacramento.

Título original
La furia y otros cuentos (ed. de Ernesto Montequin, Editorial Sudamericana, 2006)

Capa
Elisa von Randow

Ilustração de capa
Cristina Daura

Preparação
Julia Passos

Revisão
Valquíria Della Pozza
Marise Leal

Dados Internacionais de Catalogação na Publicação (CIP)
(Câmara Brasileira do Livro, SP, Brasil)

Ocampo, Silvina.
  A fúria e outros contos / Silvina Ocampo ; tradução Livia Deorsola ; posfácio Laura Janina Hosiasson. — 1ª ed. — São Paulo : Companhia das Letras, 2019.

  Título original: La furia y otros cuentos.
  ISBN 978-85-359-3260-7

  1. Contos argentinos I. Hosiasson, Laura Janina. II. Título.

19-24422   CDD-Ar863

Índice para catálogo sistemático:
1. Contos : Literatura argentina Ar863
Maria Paula C. Riyuzo – Bibliotecária – CRB-8/7639

Todos os direitos desta edição reservados à
EDITORA SCHWARCZ S.A.
Rua Bandeira Paulista, 702, cj. 32
04532-002 — São Paulo — SP
Telefone: (11) 3707-3500
www.companhiadasletras.com.br
www.blogdacompanhia.com.br
facebook.com/companhiadasletras
instagram.com/companhiadasletras
twitter.com/cialetras

Sumário

A lebre dourada, 7
A continuação, 11
O mal, 22
O rebento, 25
A casa de açúcar, 32
A casa dos relógios, 43
Mimoso, 50
O caderno, 56
A sibila, 62
O porão, 71
As fotografias, 74
Magush, 80
A propriedade, 84
Os objetos, 89
Nós, 93
A fúria, 97
Carta perdida em uma gaveta, 107
O carrasco, 113

Azeviche, 116
A última tarde, 120
O vestido de veludo, 125
Os sonhos de Leopoldina, 130
As ondas, 138
O casamento, 144
A paciente e o médico, 149
Voz ao telefone, 157
O castigo, 166
A oração, 174
A criação, 184
O nojo, 188
O prazer e a penitência, 194
Os amigos, 199
Relatório do Céu e do Inferno, 208
A raça inextinguível, 210

Um chamado à lucidez e à imaginação
— Laura Janina Hosiasson, 213

A lebre dourada

No coração da tarde, o sol a iluminava como um holocausto nas lâminas da história sagrada. As lebres não são todas iguais, Jacinto, e não era sua pelagem, acredite, que a distinguia das outras lebres, não eram seus olhos de tártaro nem a forma caprichosa de suas orelhas; era algo que ia muito além do que nós, humanos, chamamos de personalidade. As inumeráveis transmigrações que sua alma tinha sofrido lhe ensinaram a se tornar invisível ou visível nos momentos indicados, para haver cumplicidade com Deus ou com alguns anjos intrépidos. Durante cinco minutos, ao meio-dia, ela detinha-se sempre no mesmo lugar da campina; com as orelhas erguidas, escutava algo.

O ruído ensurdecedor de uma cachoeira capaz de afugentar os pássaros e a crepitação do incêndio de um bosque, que aterroriza as feras mais temerárias, não teriam dilatado tanto seus olhos; o pressentido murmúrio do mundo do qual se lembrava, povoado de animais pré-históricos, de templos que pareciam árvores ressecadas, de guerras cujos objetivos eram alcançados pelos guerreiros quando os objetivos já eram outros, deixavam-na mais dona de si e mais sagaz. Um dia parou, como de costume, na hora em que o sol cai vertiginosamente sobre as árvores, sem lhes permitir fazer sombra, e ouviu latidos, não de um cachorro, e sim de muitos, que corriam enlouquecidos pela campina.

Com um salto seco, a lebre cruzou o caminho e começou a correr; os cachorros correram atrás dela confusamente.

— Para onde vamos? — gritava a lebre com a voz trêmula, apressada.

— Até o fim da sua vida — berravam os cães com vozes de cães.

Esta não é uma história para crianças, Jacinto; talvez influenciada por Jorge Alberto Orellana, que tem sete anos e sempre me pede que lhe conte histórias, é que cito as palavras dos cães e da lebre, que o deixam encantado. Sabemos que uma lebre pode ser cúmplice de Deus e dos anjos, se permanecer muda diante de interlocutores mudos.

Os cachorros não eram maus, mas tinham jurado alcançar a lebre com a única intenção de matá-la. A lebre adentrou um bosque, onde as folhas estalavam estrepitosamente; cruzou um prado em que o pasto ondulava com suavidade; cruzou um jardim, onde havia quatro estátuas das estações do ano, e um pátio coberto de flores, onde algumas pessoas ao redor de uma mesa tomavam café. As senhoras pousaram as xícaras para ver a carreira desenfreada que, em suas passagens, derrubava a toalha, as laranjas, os cachos de uva, as ameixas, as garrafas de vinho. Na primeira posição estava a lebre, ligeira como uma flecha; na segunda, o cão pila; na terceira, o dinamarquês preto; na quarta, o tigrado grande; na quinta, o pastor; na última, o galgo. Por cinco vezes, a matilha, correndo atrás da lebre, cruzou o pátio e pisou as flores. Na segunda volta, a lebre ocupava a segunda posição e o galgo, sempre em último. Na terceira volta, a lebre ocupava a terceira posição. A carreira seguiu através do pátio; cruzou-o outras duas vezes, até que a lebre ocupou a última colocação. Os cães corriam com a língua de fora e os olhos entreabertos. Nesse momento começaram a desenhar círculos, maiores ou menores à medida que aceleravam ou diminuíam a marcha. O dinamarquês preto teve tempo de afanar um alfajor ou algo parecido, que manteve na boca até o fim da corrida.

A lebre berrava:

— Não corram tanto, não corram assim. Estamos passeando.

Mas nenhum deles a escutava, porque sua voz era como a voz do vento.

Os cachorros correram tanto que, afinal, caíram desfalecidos, a ponto de morrer, com a língua de fora feito um trapo comprido e vermelho. A lebre, com sua doçura cintilante, aproximou-se deles levando no focinho trevos úmidos, que pôs sobre a testa de cada um dos cães. Eles voltaram a si.

— Quem colocou água fria em nossa testa? — perguntou o maior deles. — E por que não nos deu de beber?

— Quem nos acariciou com os bigodes? — disse o menor. — Achei que eram moscas.

— Quem nos lambeu a orelha? — interrogou o mais magro, tremendo.

— Quem salvou nossa vida? — bradou a lebre, olhando para todos os lados.

— Tem algo estranho aqui — disse o cão tigrado, mordendo com minúcia uma das patas.

— Parece que éramos em maior número.

— Será porque estamos cheirando a lebre? — disse o cão pila coçando a orelha. — Não seria a primeira vez.

A lebre estava sentada entre seus inimigos. Tinha assumido uma postura de cachorro. Em certo momento, até ela duvidou se era um cachorro ou uma lebre.

— Quem será este que está olhando para nós? — perguntou o dinamarquês preto, movendo uma só orelha.

— Nenhum de nós — disse o cão pila, bocejando.

— Seja lá quem for, estou muito cansado para olhar para ele — suspirou o dinamarquês tigrado.

De súbito, ouviram-se vozes, que chamavam:

— Dragão, Sombra, Ayax, Lurón, Senhor, Ayax.

Os cachorros saíram correndo e a lebre ficou imóvel por um momento, sozinha, em meio à campina. Mexeu o focinho três ou quatro vezes, como se estivesse farejando um objeto afrodisíaco. Deus, ou algo parecido a Deus, a estava chamando, e a lebre, talvez revelando sua imortalidade, fugiu num salto.

A continuação

Nas estantes do quarto, você vai encontrar o livro de medicina, o lenço de seda e o dinheiro que me emprestou. Não fale de mim com minha mãe. Não fale de mim com Hernán, não esqueça que ele tem doze anos e que minha atitude o deixou muito impressionado. Te dou de presente o abridor de cartas que está sobre a mesa de cabeceira, ao lado do cinzeiro; deixei-o envolto numa folha de jornal. Você não gostava dele, porque você não gostava das coisas que não eram suas. Preferia seu canivete.

Vou embora deste país para sempre. Você deve ter achado meu comportamento estranho, absurdo até, e talvez continuará te parecendo absurdo depois desta explicação. Não importa, nada me importa agora. A fidelidade deixou em mim um hábito singelo, cujas últimas manifestações aparecem ao menos no meu desejo de te explicar nestas páginas muitas circunstâncias difíceis de serem esclarecidas. Sinto-me como aqueles colegiais preguiçosos, que não se esmeram muito em escrever uma redação extremamente abstrusa e cujas falhas não lhe serão perdoadas. Você nunca se interessou muito por meus afazeres literários, como eu não me interessei por seus afazeres profissionais. Você sabe muito bem o que penso sobre seus colegas, por mais honestos e abnegados que sejam. Davam-me nojo as reuniões, os diálogos obscenos deles. Você me acusa de ser exigente. Admiti que você tinha certa superioridade sobre eles, por exemplo, a de ser mais sensível; no entanto, você sabe que essa não era nem sequer a mínima virtude à qual minha exigência aspirava; que eu considerasse você superior a essa gente tampouco devia te lisonjear. Meu modo de pensar te distanciava de mim, da mesma forma que a sua distração, no que se refere à literatura, me distanciava de você. Mesmo quando falávamos sobre flores, mesmo quando falávamos sobre música, havia rancor. Você se lembra das lâminas do refeitório onde ficamos sabendo o nome das azaleias? Lembra-se das *Canções sérias* de Brahms? Dos *Madrigais* de Monteverdi? Lembra-se de tudo o que nos levou à discórdia? Tudo, até esta frase afetada que você me disse um dia, no Jardim Botânico: "Não gosto de flores. Agora sei que nunca gostei de flores". As coisas da vida que mais me interessavam eram os problemas que eu não conseguia desentranhar e que eram absurdos para você: como eu tinha que escrever, qual o estilo, que temas devia buscar. Eu nunca alcançava, claro, um resultado satisfatório; via, ao contrário, a sua satisfação diante do dever cumprido, o que te dava às vezes certa dignidade invejável e efêmera. Você suportava privações, incômodos, mas era mais feliz que eu. Pelo menos era isso que a sua alegria apregoava, quando você chegava como um cachorro sedento para tomar água. Eu vivia em meio a dúvidas, à insatisfação. Saía do meu trabalho para me esconder nas páginas de um livro. Admirava os escritores mais díspares, mais antagônicos. Nada me parecia elaborado o suficiente, fluido o suficiente, mágico o suficiente; nada muito engenhoso, nem muito espontâneo; nada muito rigoroso, nem muito livre.

Contei a alguns amigos um enredo que me veio à cabeça e, pela expressão que fizeram, entendi que não os comovia nem os interessava. À medida que eu ia contando, o calor ou o frio não os deixava respirar, alguns tinham que atender um telefonema, outros se lembravam de que tinham perdido algo importante. Quase não me escutavam, quase não fingiam me escutar. Pior que a indiferença vinda de você era a indiferença profissional deles. Com eles eu também não me entendia.

Como inventei esse enredo? Por que ele me cativou tanto? Não saberia dizer. Várias vezes comecei a escrever. A princípio, era a impossibilidade de encontrar o nome dos protagonistas o que me fazia parar. Comecei os primeiros parágrafos em janeiro, quando Elena teve aquele desmaio e voltamos da ilha de lancha, que providencialmente nos levou ao clube. Vou submeter alguns deles à sua leitura. Comecei a escrever com entusiasmo, tanto entusiasmo que no fim da semana, quando podíamos passar os dias como bem entendêssemos, ao ar livre, em vez de nadar ou de remar com vocês, eu me escondia atrás das folhas, no silêncio em que submergiam os problemas literários nos quais minha vida estava mergulhada. Vocês dois, Elena e você, me olhavam com reticência, pensando que não era a loucura que me espreitava, e sim que eu espreitava a loucura, para atormentar a quem estivesse por perto. Entre as volutas de fumaça dos cigarros dos dois, você me olhava com ódio, enquanto acariciava um cão porfiado que sempre te esperava, que esperava ser seu porque não tinha dono. Em vez de olhar para você ou olhar para Elena, eu preferia estudar a paisagem. Várias vezes você me perguntou se eu estava desenhando, porque o movimento da minha cabeça, quando eu escrevia, parecia o de um desenhista. Outras pessoas já tinham me dito isso; fiquei furiosa porque foi você quem disse. Entre as volutas de fumaça dos cigarros você me olhava com desdém, mas com um desdém forçado. Não entendo o que nos unia.

Nada que não fosse desagradável. Meu trabalho não te inspirava nenhum respeito: você dizia que era preciso trabalhar pelo bem da humanidade e que todas as minhas obras eram patranhas ou modos abjetos de "ganhar dinheiro". Causava-me surpresa o tom da sua voz, seu linguajar ordinário. Você usava as palavras sem discernimento e com muita candura. Eu te perdoava porque sabia que era uma afetuosa maneira de me enfurecer. Às vezes eu pensava que você tinha razão. Muitas vezes penso que os outros têm razão, ainda que não tenham.

Como você deve se lembrar, foi em janeiro que comecei a escrever meu conto. Uma noite, a mais linda que existiu para mim em termos visuais, esperamos seu aniversário até as cinco da manhã, estendidos na grama do recreio do Delta. Assistimos ao amanhecer. Quando você me falou dos seus problemas, eu quase não te escutava. Compunha mentalmente minhas frases e às vezes as esboçava na caderneta que ganhei de Elena. Justamente porque era você que me mostrava, eu não olhava para as estrelas que se afundavam na água quando passavam as lanchas, nem a primeira luz da aurora, nem as nuvens que, de acordo com você, formavam o desenho de um morcego gigantesco. Eu procurava a solidão. Não admitia que você dirigisse minha atenção; queria descobrir tudo aquilo por minha conta. Fascinava-me o prazer abstrato de construir personagens, situações e lugares na minha mente, segundo os cânones efêmeros que tinha proposto a mim mesma. Aquela cena, no entanto, me serviu de ponto de partida para minha história. Sempre foi difícil para mim inventar paisagens e, por isso, o que estava vendo me serviu de modelo. Nessa mesma hora, em um lugar parecido, Leonardo Moran começa a escrever sua despedida e expõe como concebeu o projeto de se suicidar. O que motiva a resolução dele? Nunca cheguei a determinar isso, porque me parecia supérfluo, chato de escrever. Sua maior desventura é seu estado de ânimo. Muitas coisas perturbam Moran, o conectam com a vida. Para chegar ao fim dela, tem que fazer com que os acontecimentos sejam desviados, de modo que nada o detenha, nenhum afeto, nenhum interesse humano. Depois de muitos papéis rasgados, de objetos perdidos, de afetos desfeitos, a vida fica mais leve. As lajotas vermelhas do pátio, umedecidas pela chuva, já não o enternecem, e se o fazem, será de modo agradável. Os vidros onde se reflete o sol outonal e as estátuas quebradas já não têm o poder de comovê-lo, e se o comovem será para entretê-lo. As pessoas são como cifras e se distinguem umas das outras pitorescamente. As tediosas predileções já não existem em seu coração.

Vivia dentro do meu personagem, como uma criança dentro de sua mãe: eu me alimentava dele. Para mim, era mais grave o que acontecia a ele do que aquilo que acontecia a você e a mim. Quando eu caminhava pelas ruas, pensava em me encontrar em qualquer esquina com Leonardo, não com você. Os cabelos dele, os olhos, o jeito de andar me encantavam. Ao te beijar, imaginei os lábios dele e me esqueci dos seus. Se as mãos dele se pareciam com as suas, era só pelo tato; a forma era mais perfeita, a cor, diferente, o anel que ele usava era o que eu teria gostado de te dar de presente. Meus sonhos, em vez de serem povoados de imagens, eram povoados de frases, frases das quais eu me esquecia, chegada a vigília.

Leonardo Moran, depois de perder seu emprego, trata de destruir os últimos laços sentimentais e pergunta a um retrato de Úrsula: *Não terei eu audácia suficiente para complicar nosso destino, emaranhá-lo de tal modo que minha atitude te obrigue a me desprezar, a me rejeitar, a se afastar de mim?* O retrato responde, sua boca articula palavras que para mim não eram ridículas. O tom falsamente sublime de minhas frases ou a impressão de ter cometido um plágio me induziu a abandonar o conto. Talvez tenha sido a vida, que me requeria com mais insistência.

Quando queria escrever, algo se interpunha para me impedir. Úrsula e Leonardo afundavam-se no esquecimento. A compra de um par de sapatos, a desordem dos meus livros, meus amigos mais distantes, as coisas mais insignificantes me perturbavam. A vida voltava a cativar minha atenção com sua trivialidade mágica, com suas postergações, com seus afetos. Como se saísse de um porão úmido e escuro, voltei ao mundo. Eu queria te explicar que a luz me surpreendia: tamanho tinha sido o meu afastamento dela. Queria te explicar que o espetáculo azul de um céu com glicínias me doía.

Tive momentos de felicidade, de fidelidade; não sei se coincidiram com os seus. Mas a felicidade se tornou venenosa. Com usura, eu contabilizava o que você me dava e o que eu te dava, querendo sempre ganhar na troca. Meu amor adquiriu os sintomas de uma loucura. Tinha eu razão em me afligir porque você de fato me enganou? Essas coisas a gente descobre quando é tarde demais, quando deixamos de ser nós mesmos. Eu te amava como se você me pertencesse, sem me lembrar de que ninguém pertence a ninguém, de que possuir algo, qualquer coisa, é um sofrimento vão. Queria você só para mim, como Leonardo Moran queria Úrsula. Abominei o sangue ciumento e exclusivo que corria em minhas veias. Maldisse o rosto hermético do meu avô paterno no daguerreótipo, porque achei que ele fosse o culpado por todos os meus pecados, por todos os meus erros. Eu te abominei porque você me amava normalmente, naturalmente, sem inquietudes, porque dava atenção a outras pessoas. Eu te pedi uma soma de dinheiro que sabia que não podia conseguir, para que algo prosaico rompesse o lirismo dos nossos diálogos; da mesma maneira teria te cravado um punhal ou teria queimado as suas pálpebras com ferro candente enquanto você estivesse dormindo, pois a sua inocência se assemelhava um pouco ao sonho, e meu ato, ao crime. Como se alguém tivesse me hipnotizado, lembro-me de que cheguei à sua casa no fim de uma tarde de abril. Cruzei o pátio. Achei que nenhum dos meus atos dependia de minha vontade. Por uma das portas entreabertas, vi três homens barbudos diante de uma mesa, escutando a voz de um tabelião que lia o texto de uma escritura. A voz aflautada ressoava pelos corredores. O tabelião parecia Napoleão. Entrei no seu quarto. Você tinha acabado de se vestir. Pedi o dinheiro, com uma violência que te surpreendeu. Me queixei da sua indiferença. Disse que se minha crítica te ofendia tanto, era porque restava certa mesquinhez no fundo da sua alma falsamente generosa. Ao mudar uma cadeira de lugar, você sem querer quebrou o respaldo, e censurei a violência da sua atitude no momento mais difícil da minha vida. Consegui fazer com que brilhassem lágrimas em meus olhos. Disse a você que eram minhas primeiras lágrimas. Te contei sobre minha juventude. Lamentei que tivesse levado tantos anos. Você sorriu de leve, com essa leveza que tanto me agradava. Me vi em seu espelho. Fazia frio, o frio me envelhecia. Com um pedaço de madeira nas mãos, você se sentiu culpado. Queria saber para que eu queria o dinheiro. Apertei os lábios para te mostrar meu isolamento. Voltei a me olhar no seu espelho, para me assegurar de minha presença. Quando saí do seu quarto, as plantas úmidas do pátio nos anunciaram que a pessoa que as havia regado certamente tinha ouvido nossa conversa. Ri dos seus olhos circunspectos. Os vizinhos, a opinião dos seus vizinhos te preocupava. Você atribuía tudo aos deveres da sua profissão. No corredor comprido, você quis me beijar, e pela primeira vez evitei seu abraço.

Citarei aqui um dos parágrafos do conto que despertará suas recordações como uma fotografia malfadada, dessas que se perdem ou são rasgadas ou que são conservadas por serem de uma pessoa que já morreu. *Junto ao cais, um salgueiro deixava cair seus ramos sobre a água em que boiavam garrafas, peixes mortos, frutas apodrecidas*. Úrsula me olhava com um rancor atônito. Através da fumaça de seu cigarro, sorria com uma ironia que eu, sem precisar olhar para ela, adivinhava, porque a conhecia muito bem. As casas do lado oposto estavam com as venezianas fechadas. Úrsula me disse que olhava para as estrelas que se afundavam na água quando via uma lancha passar. Fazia frio. Os grilos seguiam com seu canto os desenhos na água. Que fácil parecia morrer neste instante; ser de mármore, de pedra, como a que eu sentia sob meus pés descalços. Que fácil, enquanto me esquecia dos laços que me uniam a certas pessoas.

— Somos um compêndio de contradições, de afetos, de amigos, de mal-entendidos — me dizia Elena. Certamente pensando em mim, acrescentava: — Somos monstros. Quando estou com você, sou diferente, muito diferente de quando estou com Amalia ou com Diego. Somos também o que as pessoas fazem de nós. Não amamos as pessoas pelo que são, e sim pelo que nos obrigam a ser.

Frequentemente, com a esperança de parecer mais cruel, eu repetia as mesmas frases com variantes confusas. Começava a ter por ela o sentimento mais difícil de controlar: o ódio misturado com uma leve compaixão. Sentia compaixão porque ela te amava do mesmo modo que eu. Mas logo me irritaram a indiferença e a doçura aparente com que ela respondia aos seus lamentos, às suas mentiras. Ela acumulava rancores, rancores que a rodeavam como aqueles gatos horríveis que ela adorava. Era fácil chegar a esse estado, tolerando em silêncio o meu comportamento. Ninguém destruiu com mais força um afeto. Ninguém aceitou com tanta docilidade um distanciamento como Elena, nem mesmo você. Acho que se vinculou realmente a você quando começou a me odiar; é o que me parece agora. Até este momento, tudo não passara de um jogo. Eu facilitava os encontros de vocês. No dramático final de nossas disputas, deixava-os sempre sozinhos. Tinha que me despojar de tudo o que enriquecia minha vida para chegar impunemente, naturalmente ao suicídio. Restavam sempre muitas coisas e sempre parecia muito valiosa a única, a última que me restava. Algum carinho me ligava a Elena: o amor, como o ódio, não é sempre perfeito. Com ela fui mais implacável do que com você. Na casa dela, em uma conversa furtiva, revelei à sua família seus segredos mais íntimos. Ri de seus rubores, humilhando-a. Despojada desses segredos, não fazia mais que existir. Com frieza, escutei seus insultos e não respondi à carta que ela me enviou, me pedindo explicações. Fiquei coberta de vergonha. Provoquei palavras vulgares nos lábios do meu pai, palavras pelas quais não me perdoo; delas deduzi que ele preferia me ver numa sepultura, com um epitáfio pérfido que abominasse minha morte prematura. Tinha perdido meu emprego, fracassado em meus estudos, e ele, vendido alguns de seus melhores livros, por isso me amaldiçoou. Não vou te contar os incidentes que tive com as questões do meu emprego. Os rumores logo, logo chegarão até você. Muita gente deixou de me cumprimentar. L. S. não quis me receber em sua casa.

Durante três dias fiquei encerrada em meu quarto. Ninguém me viu, ninguém tentou me ver. Já chegava o momento de minha libertação. Podia tirar minha própria vida impunemente. Quando Hernán entrou em meu quarto, por um instante pensei que todo o plano ia por água abaixo. Duas vezes, timidamente, ele bateu à porta. Trazia uma caixa de bombons para mim. Diante da minha mesa, me perdi na leitura de um livro qualquer e não ergui os olhos até que ele pronunciou meu nome, estendendo a mão com os dedos manchados de tinta. Olhando para suas mãos, onde sempre se concentrava sua vergonha, disse a ele para não me importunar. Protestou e, ao ver minha impavidez, retrocedeu uns passos; estava quase chorando; ri, ri diabolicamente, com a risada que, para uma criança, pode parecer diabólica. Perguntou-me por que eu estava rindo e eu lhe respondi que ria dele, das mãos dele. Atirou a caixa no chão; pareceu que seus olhos se acendiam, balbuciou uma palavra que não entendi.

— Vai chorar? — lhe perguntei. — Seria ainda mais engraçado.

Passou a me odiar para sempre. Com o rosto muito pálido, saiu do quarto. Fechou a porta.

Saí de casa. O desprezo, não o ódio, pesava sobre mim, purificava minha resolução. Quando cheguei à rua, uma grande tranquilidade me invadiu. Sentei-me no banco de uma praça. Tirei alguns papéis do bolso e os li: *Vi um mundo claro, novo, um mundo onde não tinha que perder nada, a não ser o desejo do suicídio, que já tinha me abandonado. Você não vai me ver mais. Vai encontrar meu anel no fundo deste envelope e esta maldita medalhinha com um trevo, que já não tem nenhum significado para mim. Você era tudo, o que mais amei no mundo, Úrsula, e não sei que outras pessoas, que outras coisas poderei amar agora que o mundo passou a ser para mim o que nunca foi nem pensei que seria: algo infinitamente precioso.* Não sei se a frase final do meu conto, que por um capricho já tinha escrito antes de terminar as primeiras páginas, corresponderá também à parte final da minha vida: *Às vezes, morrer é simplesmente ir embora de um lugar, abandonar todas as pessoas e os costumes que se ama. Por esse motivo, o exilado que não deseja morrer sofre, mas o exilado que busca a morte encontra o que antes não tinha conhecido: a ausência da dor em um mundo outro.*

Depois de copiar alguns parágrafos, rasguei as folhas. Não sei se, ao rasgá-las, rasguei um feitiço. Que você não se chame Úrsula, que eu não me chame Leonardo Moran, até hoje me parece inacreditável, porque "aquele que vê há de ser semelhante à coisa vista, antes de começar a contemplá-la". Ao abandonar meu conto, alguns meses atrás, não voltei ao mundo que tinha deixado, e sim a outro, que era a continuação do meu enredo (um enredo cheio de hesitações, que sigo corrigindo dentro de minha vida). Se não morri, não me procure, e se morri, tampouco: nunca gostei que você olhasse meu rosto enquanto eu dormia.

O mal

Certa noite rodearam a cama contígua com biombos. Alguém explicou a Efrén que seu vizinho estava agonizando. Esse vizinho perverso tinha lhe roubado não só a maçã que estava na mesa de cabeceira, como também o direito de gozar da proteção desses biombos, em cuja outra face certamente havia flores e querubins pintados. Essa circunstância obscureceu a alegria de Efrén. Ainda assim, com lençóis e cobertores para se aquecer, estava no paraíso. Via de soslaio a luz rosada através dos janelões. De vez em quando lhe davam de beber; tinha consciência da alvorada, da manhã, do dia, do entardecer e da noite, embora as venezianas estivessem fechadas e nenhum relógio anunciasse a hora. Quando estava bem, costumava comer com tanta rapidez que todos os alimentos tinham o mesmo sabor. Agora reconhecia a diferença até mesmo entre o gosto de uma laranja e o de uma mexerica. Apreciava cada ruído vindo da rua ou do edifício, as vozes e os gritos, o ruído do encanamento, dos elevadores, dos automóveis, das charretes que passavam. Quando sentia vontade de urinar, tocava a campainha; como mágica, aparecia uma mulher, branca feito uma estátua, trazendo um vaso de vidro que era uma espécie de relíquia, e essa mesma mulher de olhos etruscos e unhas de rubi lhe aplicava enemas ou o espetava com uma agulha, como se costurasse um tecido valioso. Uma caixinha de música não seria tão musical, o colo de uma santa ou de um anjo não seriam tão bons quanto o travesseiro onde recostava a cabeça. Cócegas agradáveis corriam por sua nuca, desciam pela coluna vertebral até os joelhos. Pensava: era a primeira vez que podia pensar: "Que preço tem um corpo. Vivemos como se ele nada valesse, impondo-lhe sacrifícios, até que entra em pane. A enfermidade é uma lição de anatomia". Sonhava: era a primeira vez que podia sonhar. Partidas de bilhar, um cachimbo, o jornal lido linha por linha, viagens breves, mulheres que lhe sorriam em um cinema, uma gravata vermelha, tudo isso o deleitava.

Em seus delírios tinha previsões do futuro; as visitas dominicais, que ficaram a par de seu dom, acudiam ao hospital para, ao lado de sua cama, escutar as premonições.

Percebeu que os biombos não rodeavam a cama do vizinho, e sim a sua, e sentiu-se satisfeito.

Os pés já não doíam de tanto caminhar, nem a cintura, de tanto ficar agachado, nem o estômago, de tanto passar fome. Vislumbrava o pátio com palmeiras e pombas através de cada um dos janelões. O tempo não passava, pois a felicidade é eterna.

Os médicos disseram que iam salvá-lo. Retiraram os biombos com flores e querubins. Em sua opinião, eram uns safados, os médicos. Sabem onde se aloja a doença e a manobram a seu bel-prazer. O organismo talvez escute os diálogos que cercam a cama de um enfermo. Efrén teve pesadelos por culpa desses diálogos.

Sonhou que para ir ao trabalho tomava um ônibus e, depois de se sentar, percebia que o veículo não tinha rodas, descia desse ônibus e tomava outro, que não tinha motor, e assim sucessivamente, até que anoitecia.

Sonhou que estava na peleteria costurando peles; as peles se moviam, grunhiam. Passado um tempinho, no cômodo em que trabalhava, vários animais selvagens, com bafo asqueroso, mordiam seus tornozelos e suas mãos. Pouco depois, os animais começavam a falar entre si. Ele não entendia o que diziam, pois falavam em um idioma estranho. Por fim compreendia que iam devorá-lo.

Sonhou que tinha fome. Não havia nada para comer; então tirava do bolso um pedaço de pão tão velho que não conseguia mordê-lo; banhava-o em água, mas continuava igual; finalmente, quando o mordia, seus dentes ficavam dentro do único pão que tinha arranjado para se alimentar. O caminho em direção à saúde, em direção à vida, era esse.

O organismo de Efrén, que era forte e astuto, buscou um lugar em suas entranhas para esconder o mal. Esse mal era precioso: com subterfúgios, encontrou um jeito de conservá-lo pelo maior tempo possível. Desse modo, com o sentimento de culpa que o embuste sempre inspira, por uns dias Efrén voltou a ser feliz. A irmã de caridade lhe falava sobre seus filhos e sua mulher, inutilmente. Para Efrén, eles estavam na caderneta do pão e da carne. Tinham preço. Custavam cada dia mais.

Suou, agachou-se, sofreu, chorou, caminhou quilômetros e quilômetros para conseguir a tranquilidade que agora queriam lhe arrebatar.

O rebento

Até na mania de pôr apelidos nas pessoas, Ángel Arturo se parece com o Avô; foi Arturo quem o batizou assim, do mesmo jeito que fez com o gato, ambos com o mesmo nome. É uma satisfação pensar que o Avô sofreu na própria carne o que sofreram outros por culpa dele. Em mim, pôs Rascunho, no meu irmão, Trapo, e em minha cunhada, Empregadinha, para humilhá-la, mas Ángel Arturo o marcou para sempre com o nome Avô. Este, de algum modo, projetou sobre o rebento inocente traços, expressões, personalidade: foi a última e a mais perfeita vingança.

Até sermos adultos, meu irmão e eu vivemos na casa da Calle Tacuarí, dividindo o mesmo quarto. A casa era enorme, mas, segundo a opinião do Avô, não convinha que ocupássemos dormitórios diferentes. Era preciso viver no desconforto para virar homem. Minha cama, detalhe inexplicável, ficava encostada no armário. Nosso quarto ainda por cima se transformava, durante a semana, em oficina de costura para uma cigana que reformava camisas esgarçadas para nós dois, e, aos domingos, em depósito de empanadas e salgadinhos (que a cozinheira, por ordem do Avô, não nos deixava provar), dados de presente a duas ou três senhoras da vizinhança.

Para mal dos meus pecados, eu era canhoto. Quando tomava o lápis com a mão esquerda para escrever ou segurava a faca para cortar carne na hora das refeições, o Avô me dava uma bofetada e me mandava para a cama sem comer. Cheguei a perder dois dentes graças a esses tabefes e, por causa dessa penitência, que tanto me debilitou, no verão tremia de frio sob agasalhos de inverno. Para me curar, o Avô me deixou passar uma noite inteira debaixo de chuva, de camisolão, descalço sobre o piso frio. Se não morri, é porque Deus é grande ou porque somos mais fortes do que pensamos.

Só depois do casamento de Arturo (meu irmão), ocupamos, ele e eu, cômodos diferentes. Por ironia do destino, foi minha infelicidade que me permitiu alcançar o que tanto tinha esperado: um quarto próprio. Arturo ocupou um quarto nos fundos mais inóspitos da casa, com sua mulher (meu sangue gela quando digo isso, como se não tivesse me acostumado); e eu, outro, que com suas varandas feitas de estuque e mármore dava para a rua. Por razões insondáveis, não era permitido entrar em um banheiro que ficava ao lado do meu dormitório, de modo que, para ir ao sanitário, eu tinha que atravessar dois pátios. Foi por causa dessas manias, para não congelar no inverno ou para não passar urinando ou ensaboando as orelhas, as mãos ou os pés na torneira perto do quarto do meu irmão casado, que queimei dois pés de jasmim que ninguém regava, a não ser eu.

Mas agora voltarei a recordar minha infância, que se não foi alegre, foi menos sombria que minha adolescência. Por muito tempo todo mundo acreditava que o Avô era o porteiro da casa. Aos sete anos, eu mesmo achava isso. Numa entrada luxuosa, com porta intermediária, onde brilhavam vitrais azuis como safiras e vermelhos como rubis, aquele homem, sentado em uma cadeira vienense, sempre lendo algum jornal, em mangas de camisa e calças risca de giz surradas, não podia ser outro senão o porteiro. O Avô vivia sentado naquele saguão para impedir que saíssemos ou para fiscalizar o motivo de nossa saída. O pior de tudo é que dormia de olhos abertos: mesmo roncando, mergulhado no mais profundo dos sonos, via o que fazíamos ou o que faziam as moscas ao seu redor. Ludibriá-lo era difícil, para não dizer impossível. Às vezes fugíamos pela varanda. Um dia meu irmão recolheu da rua um cachorro perdido e, para não enfrentar responsabilidades, me deu de presente. Atrás do armário foi onde o escondemos. Seus latidos logo me delataram. O Avô, com um só balaço, estourou-lhe os miolos, para provar sua pontaria e minha fraqueza. Não contente com isso, me obrigou a passar a língua pelo lugar onde o cachorro tinha dormido.

— Cães no canil, nas jaulas ou no mundo de lá — costumava dizer.

Mas no campo, quando saía a cavalo, uma matilha, que ele levava a pontapés ou a chicotadas, o acompanhava. Outro dia, ao saltar da varanda para a calçada durante a sesta, torci o tornozelo. Da cadeira onde estava, o Avô me avistou. Não falou nada, mas na hora do jantar, me fez subir pela escada de madeira que leva ao sótão para pegar tijolos amontoados, até que desmaiei. Para que ele amontoava tijolos?

Não se notava a riqueza da minha família a não ser em detalhes incongruentes: em abóbadas, com colunas de mármore e estátuas, em adegas bem sortidas, em legados que iam passando de geração em geração, em álbuns de couro em relevo com célebres retratos de família; em um sem-fim de criados, todos aposentados, que de quando em quando traziam de presente ovos frescos, laranjas, frangos ou junquilhos, e na casa de campo de Azul, cujos potreiros adornavam, em fotografias, as paredes do pátio dos fundos, onde sempre havia gaiolas com galinhas, canários, de que nós tínhamos que cuidar, e mesas de ferro com plantas de folhas amareladas, sempre à beira da morte, como se pedissem ajuda.

Quando eu quis estudar francês, o Avô queimou meus livros, porque para ele todo livro francês era indecente.

Meu irmão e eu não gostávamos do trabalho no campo. Aos quinze anos, tivemos que abandonar a cidade para nos enterrarmos naquela fazenda de Azul. O Avô nos obrigou a trabalhar junto com os peões, o que teria sido divertido, não fosse seu regozijo em nos castigar por sermos ignorantes ou lentos demais para cumprir as tarefas.

Nunca ganhamos roupas novas: se ganhávamos, vinham de liquidações das piores lojas: ficavam apertadas ou muito largas e eram daquela cor de café com leite que tanto nos deprimia; éramos obrigados a usar os sapatos velhos do Avô, prontos para ir para o lixo, com a ponta preenchida com papel. Tomar café também não nos era permitido. Fumar? Só se fosse no banheiro, fechados à chave, até que o Avô nos tomou a chave. Mulheres? Conseguíamos sempre as piores e, no melhor dos casos, podíamos estar com elas por cinco minutos. Bailes, teatros, diversões, amigos, tudo estava proibido. Ninguém vai acreditar: jamais fui a um corso de Carnaval nem tive uma máscara nas mãos. Em Buenos Aires, vivíamos como num claustro, baldeando pátios, esfregando pisos duas vezes por dia; na fazenda, como num deserto, sem água para tomar banho e sem luz para estudar, comendo carne de ovelha, bolachas e nada mais.

— Se você tem tantos dentes sem cáries, é por não comer doces — achava a cigana, que não tinha nenhum.

O Avô não queria que nos casássemos, e se tivesse permitido, nossa vestimenta teria sido um sério impedimento. Ficava doente de raiva por não conseguir adivinhar nossos segredos de garotos. Quem não tem namorada naquela idade? O Avô se escondeu debaixo da minha cama uma noite, para escutar meu irmão e eu conversando. Falávamos de Leticia. Será que foi a surdez ou a maldade que o fez pensar que ela era amante do meu irmão? Nunca saberei. Ao se mexer para não ser visto, um chumaço de sua barba se enganchou numa dobradiça do armário, onde mantinha apoiada a cabeça, e soltou um grunhido que, naquele momento de intimidade, nos aterrorizou. Quando o vi de quatro, como um animal qualquer, não perdi o medo dele, mas sim o respeito, para sempre.

Ameaçado pelo juiz e pelos pais de Leticia, que ficou grávida em uma de nossas mais inesquecíveis excursões a Palermo, em um ônibus panorâmico, meu irmão teve que se casar. Ninguém quis escutar justificativas. Por um estranho acaso, Leticia não confessou que era eu o pai do filho que ia nascer. Fiquei solteiro. Sofri essa paulada como uma das tantas fatalidades da minha vida. Cheguei a achar natural que Leticia dormisse com meu irmão? Natural de jeito nenhum, mas sim obrigatório e inevitável.

Nos primeiros tempos de minha desgraça, eu lhe deixava, sob o capacho da porta, cartas acaloradas, ou esperava que ela saísse de seu quarto para lhe dirigir duas ou três palavras, mas o terror de ser descoberto e Ángel Arturo, que nos espiava, paralisaram meus ímpetos.

Quando Ángel Arturo nasceu, oh, vãs ilusões, achávamos que tudo ia mudar. Como lhe faltavam a barba e os óculos, não percebemos que era a cara do Avô. No berço azul-celeste, o choro do pequenino abrandou um pouquinho nossos corações. Foi uma ilusão convencional. Mesmo assim mimávamos o menino, o afagávamos. Quando fez três anos, já era um rapazinho. Fotografaram-no nos braços do Avô.

Na casa, tudo era para Ángel Arturo. O Avô não lhe negava nada, nem o telefone, que não nos deixava usar por mais de cinco minutos, às oito da manhã, nem o banheiro trancado, nem a luz elétrica dos veladores, que não nos permitia acender depois da meia-noite. Se Ángel Arturo pedia meu relógio ou minha caneta-tinteiro para brincar, o Avô me obrigava a dá-los. Perdi, assim, relógio e caneta-tinteiro. Quem me dará outros?

O revólver, descarregado, com cabo de marfim, que o Avô guardava na gaveta da escrivaninha, também serviu de brinquedo para Ángel Arturo. A fascinação que o revólver exerceu sobre ele o fez deixar de lado todos os outros objetos. Foi uma alegria naqueles dias escuros.

Quando vimos pela primeira vez Ángel Arturo brincando com o revólver, nós três, meu irmão, Leticia e eu, nos olhamos, certamente pensando a mesma coisa. Sorrimos. Nenhum sorriso foi tão compartilhado nem tão eloquente.

No dia seguinte, um de nós comprou na loja de brinquedos um revólver de mentira (não gastávamos com brinquedos, mas nesse revólver gastamos uma fortuna): assim fomos familiarizando Ángel Arturo com a arma, fazendo-o apontá-la contra nós.

Quando Ángel Arturo atacou o Avô com o revólver verdadeiro, de um modo magistral (tão inusitado para sua idade), este riu como se lhe fizessem cosquinhas. Por azar, por maior que fosse a habilidade do menino em apontar e apertar o gatilho, o revólver estava descarregado.

Corríamos o risco de morrer, todos nós, mas o que era esse insignificante perigo comparado à nossa atual miséria? Tivemos um momento feliz, de união. Tínhamos que carregar o revólver: Leticia prometeu fazer isso antes da hora em que neto e avô brincavam de mocinho e bandido. Leticia cumpriu a palavra.

No quarto frio (estávamos em julho), tiritando, sem nos olharmos, esperamos o disparo enquanto esfregávamos o piso, pois a cisterna do pátio, junto com toda Buenos Aires, tinha sido inundada. Aquilo demorou mais que nossa vida inteira. Mas até mesmo o que mais tarda um dia chega! Ouvimos o disparo. Foi um momento feliz, ao menos para mim.

Agora Ángel Arturo tomou posse desta casa e nossa vingança talvez não seja outra senão a vingança do Avô. Nunca pude viver com Leticia como marido e mulher. Ángel Arturo, com sua enorme cabeça grudada na porta intermediária, assistiu, vitorioso, às nossas desventuras e ao fim do nosso amor. Por isso, e desde então, o chamamos de Avô.

A casa de açúcar

As superstições não deixavam Cristina viver. Uma moeda com a efígie apagada, uma mancha de tinta, a lua vista através de dois vidros, as iniciais de seu nome gravadas por acaso no tronco de um cedro a deixavam louca de medo. Quando nos conhecemos, ela usava um vestido verde, que continuou usando até rasgar, pois me disse que lhe dava sorte e que, assim que usasse outro, azul, que lhe caía melhor, não nos veríamos. Tratei de combater essas manias absurdas. Fiz com que ela notasse que havia um espelho quebrado em seu quarto, que ela mantinha, por mais que eu insistisse na conveniência de jogar os espelhos quebrados na água, em noite de lua, para eliminar a má sorte; lembrei-lhe que ela jamais teve medo de que a luz da casa se apagasse de repente, e embora isso fosse um anúncio certeiro de morte, ela acendia tranquilamente qualquer número de velas; e que ela sempre deixava o chapéu sobre a cama, erro no qual ninguém incorria. Seus temores eram pessoais. Infligia-se verdadeiras privações; por exemplo: não podia comprar morangos no mês de dezembro, nem escutar determinadas músicas, nem enfeitar a casa com peixinhos vermelhos, de que ela tanto gostava. Havia certas ruas pelas quais não podíamos andar, certas pessoas, certos cinemas que não podíamos frequentar. No começo de nossa relação, essas superstições me pareceram encantadoras, mas depois passaram a me incomodar e a me preocupar seriamente. Quando ficamos noivos, tivemos que procurar um apartamento novo, pois, segundo suas crenças, o destino dos moradores anteriores influiria sobre sua vida (em nenhum momento mencionava a minha, como se o perigo ameaçasse só a ela e como se nossas vidas não estivessem unidas pelo amor). Percorremos todos os bairros da cidade; chegamos aos subúrbios mais distantes, em busca de um apartamento que ninguém tivesse habitado: todos estavam alugados ou vendidos. Por fim, encontrei uma casinha na Calle Montes de Oca, que parecia de açúcar. Sua brancura brilhava com extraordinária luminosidade. Tinha telefone e, em frente, um pequeno jardim. Pensei que a casa era recém-construída, mas fiquei sabendo que em 1930 uma família morara ali e que depois, para alugá-la, o proprietário havia feito nela alguns reparos. Tive que fazer Cristina acreditar que ninguém havia vivido na casa e que era o lugar ideal: a casa de nossos sonhos. Quando Cristina a viu, exclamou:

— Que diferente dos apartamentos que temos visto! Aqui se respira um cheiro de limpeza. Ninguém poderá influenciar nossa vida ou contagiá-la com pensamentos que infectam o ar.

Poucos dias depois nos casamos e nos instalamos ali. Meus sogros nos deram de presente os móveis do quarto e meus pais, os da sala de jantar. O resto da casa iríamos mobiliar aos poucos. Temia que Cristina descobrisse minha mentira através dos vizinhos, mas por sorte ela fazia as compras fora do bairro e jamais conversava com eles. Éramos felizes, tão felizes que às vezes eu sentia medo. Parecia que a tranquilidade nunca seria rompida naquela casa de açúcar, até que um telefonema destruiu minha ilusão. Felizmente Cristina não atendeu o telefone naquela vez, mas podia ser que o fizesse em uma outra oportunidade. A pessoa que telefonava perguntou pela sra. Violeta: sem sombra de dúvidas se tratava da inquilina anterior. Se Cristina ficasse sabendo que eu a tinha enganado, nossa felicidade certamente chegaria ao fim: não falaria mais comigo, pediria o divórcio ou, no melhor dos casos, teríamos que deixar a casa para irmos viver, quem sabe, na Villa Urquiza, ou em Quilmes, como pensionistas em alguma das casas onde nos prometeram dar um lugarzinho para construir — com o quê? (com porcarias, pois eu não teria dinheiro suficiente para materiais nobres) — um quarto e uma cozinha. Durante a noite, eu tinha o cuidado de desconectar o fio, para que nenhuma ligação importuna nos despertasse. Coloquei uma caixinha de correio na porta da rua; fui o depositário da chave, o entregador de cartas.

Uma manhã, bem cedo, bateram à porta e deixaram um pacote. Do quarto escutei minha mulher atendendo, em seguida ouvi o ruído do papel sendo amassado. Desci as escadas e encontrei Cristina com um vestido de veludo nos braços.

— Acabaram de me trazer este vestido — me disse entusiasmada.

Subiu correndo as escadas e pôs o vestido, que era muito decotado.

— Quando você mandou fazê-lo?

— Faz tempo. Ficou bem em mim? Vou usá-lo quando formos ao teatro, que tal?

— Com que dinheiro pagou o vestido?

— Mamãe me deu uns *pesos*.

Achei estranho, mas não lhe disse nada, para não a ofender.

Amávamos um ao outro com loucura. Mas minha apreensão começou a me provocar um mal-estar, até mesmo na hora de abraçar Cristina à noite. Percebi que sua personalidade tinha mudado: de alegre ficou triste, de comunicativa, reservada; de tranquila, nervosa. Não tinha apetite. Já não preparava mais aquelas deliciosas sobremesas que eu adorava, um pouco pesadas, à base de cremes batidos e de chocolate, nem arrumava periodicamente a casa com babados de nylon nas tampas do sanitário, nas prateleiras da sala de jantar, nos armários, em todos os lugares, como costumava fazer. Já não me esperava com baunilha na hora do chá, nem tinha vontade de ir ao teatro ou ao cinema à noite, nem sequer quando nos enviavam entradas gratuitas. Uma tarde entrou um cachorro no jardim e se deitou em frente à porta, uivando. Cristina lhe deu carne e algo de beber e, depois de um banho, que mudou a cor de seu pelo, ela declarou que o hospedaria e que o batizaria com o nome Amor, porque tinha chegado em nossa casa num momento de verdadeiro amor. O cachorro tinha o palato preto, o que indicava pureza de raça.

Uma tarde cheguei em casa sem avisar. Parei na entrada, porque vi uma bicicleta posicionada no jardim. Entrei em silêncio, me escondi atrás de uma porta e ouvi a voz de Cristina.

— O que quer? — repetiu duas vezes.

— Vim buscar meu cachorro — dizia a voz de uma moça. — Ele passou tantas vezes na frente desta casa que se apegou a ela. Esta casa parece de açúcar. Desde que a pintaram, chama a atenção de todos os que passam por aqui. Mas eu gostava mais dela antes, com aquela cor rosada e romântica das casas antigas. Esta casa era muito misteriosa para mim. Gostava de tudo nela: a fonte onde os passarinhos vinham beber; as trepadeiras com flores, como sinos-amarelos; o pé de laranja. Desde os meus oito anos esperava para conhecer a senhora, desde o dia em que falamos por telefone, se lembra? A senhora prometeu que me daria uma pipa de presente.

— Pipas são para garotos.

— Os brinquedos não têm sexo. Eu gostava de pipas porque

eram como pássaros enormes: tinha a fantasia de voar sobre suas asas. Mas para a senhora não passou de uma brincadeira me prometer uma pipa; mas eu varei a noite em claro. Nos encontramos na padaria, a senhora estava de costas e não vi seu rosto. Desde esse dia não pensei em outra coisa a não ser na senhora, em como seria seu rosto, sua alma, seus trejeitos de mentirosa. Nunca me deu de presente aquela pipa. As árvores me falavam de suas mentiras. Depois nos mudamos para Morón, com meus pais. Agora, faz uma semana que estou de volta.

— Faz três meses que moro nesta casa e antes disso jamais frequentei estes arredores. Deve estar me confundindo.

— Eu tinha imaginado a senhora assim como é mesmo. Eu a imaginei tantas vezes! E para completar a coincidência, meu marido foi seu namorado.

— Nunca tive outro namorado a não ser o meu marido. Como se chama o cachorro?

— Bruto.

— Leve embora, por favor, antes que eu me apegue a ele.

— Violeta, me escute. Se eu levar o cachorro para casa, ele vai morrer. Não posso cuidar dele. Vivemos num apartamento muito pequeno. Meu marido e eu trabalhamos e não tem ninguém para passear com ele.

— Não me chamo Violeta. Quantos anos tem?

— Bruto? Dois anos. Quer ficar com ele? Eu viria visitá-lo de vez em quando, porque o amo muito.

— Meu marido não ia gostar nada de receber desconhecidos em casa, nem que eu aceitasse um cachorro de presente.

— Não conte a ele, então. Vou esperar a senhora todas as segundas-feiras, às sete da noite, na Plaza Colombia. Sabe onde é? Na frente da igreja Santa Felicitas, ou então a esperarei onde a senhora quiser e na hora que preferir; por exemplo, na ponte de Constitución ou no parque Lezama. Vou me contentar em ver os olhos do Bruto. Me fará o favor de ficar com ele?

— Tudo bem. Fico com ele.
— Obrigada, Violeta.
— Não me chamo Violeta.
— Mudou de nome? Para nós, a senhora é a Violeta. Sempre a mesma misteriosa Violeta.

Escutei o ruído seco e a pisada de Cristina subindo as escadas. Demorei um instante para sair do meu esconderijo e fingi que acabava de chegar. Apesar de ter comprovado a inocência do diálogo, não sei por que, uma surda desconfiança passou a me devorar. Parecia que eu tinha presenciado uma representação teatral e que a realidade era outra. Não confessei a Cristina que tinha surpreendido a visita daquela moça. Aguardei os acontecimentos, sempre temendo que Cristina descobrisse minha mentira, lamentando que estivéssemos instalados nesse bairro. Eu passava todas as tardes pela praça que fica em frente à igreja de Santa Felicitas, para averiguar se Cristina tinha atendido ao encontro. Ela parecia não perceber minha inquietação. Algumas vezes cheguei a acreditar que eu tinha sonhado. Abraçada ao cachorro, um dia ela me perguntou:

— Você gostaria que eu me chamasse Violeta?
— Não gosto de nome de flores.
— Mas Violeta é lindo. É uma cor.
— Prefiro seu nome.

Em um sábado, ao entardecer, a encontrei na ponte de Constitución, inclinada sobre o parapeito de ferro. Aproximei-me e ela não esboçou reação.

— O que você está fazendo aqui?
— Dando uma espiada. Gosto de ver as vias daqui de cima.
— É um lugar muito sombrio e não gosto que você ande sozinha.
— Não acho tão sombrio. E por que não posso andar sozinha?

— Gosta da fumaça preta das locomotivas?
— Gosto dos meios de transporte. Sonhar com viagens. Ir embora sem ir embora. "Ir e ficar, e ficando, partir."*

Voltamos para casa. Enlouquecido de ciúme (ciúme de quê?, de tudo), durante o trajeto mal lhe dirigi a palavra.

— Poderíamos, quem sabe, comprar uma casinha em San Isidro ou em Olivos, este bairro é tão desagradável — disse-lhe, fingindo ser possível que eu adquirisse uma casa nesses lugares.

— Não é bem assim. Temos o parque Lezama pertinho de nós.

— É uma desolação. As estátuas estão quebradas, as fontes, sem água, as árvores, carcomidas. Mendigos, velhos e aleijados vão com sacolas para jogar ou recolher lixo.

— Não presto atenção nessas coisas.

— Antes você não queria nem se sentar num banco onde alguém tivesse comido mexericas ou pão.

— Eu mudei muito.

— Por mais que você tenha mudado, não pode ser que goste de um parque como esse. Já sei que tem um museu com leões de mármore que cuidam da entrada e que você brincava ali na infância, mas isso não quer dizer nada.

— Não te entendo — me respondeu Cristina. E senti que me desprezava, com um desprezo que podia levá-la ao ódio.

Durante dias, que me pareceram anos, a vigiei, tratando de dissimular minha ansiedade. Eu passava todas as tardes pela praça em frente à igreja e aos sábados por aquela horrível ponte preta de Constitución. Um dia me arrisquei a dizer a Cristina:

— Se descobríssemos que esta casa foi habitada por outras pessoas, o que você faria, Cristina? Iria embora daqui?

---

* Tradução livre para "*Ir y quedarse, y con quedar partirse*", primeiro verso do "Soneto LXI", de Lope de Vega, em Rimas, obra de 1609. (N. T.)

— Se uma pessoa tivesse vivido nesta casa, essa pessoa teria que ser como estas figurinhas de açúcar que existem nos doces ou nos bolos de aniversário: uma pessoa doce feito açúcar. Esta casa me inspira confiança. Será que é o jardinzinho da entrada que me inspira tranquilidade? Não sei! Não iria embora daqui nem por todo o ouro do mundo. Além do mais, não teríamos para onde ir. Você mesmo me disse isso um tempo atrás.

Não insisti, porque não valia a pena. Para me conformar, pensei que o tempo iria recompor as coisas.

Uma manhã a campainha da porta soou. Eu estava fazendo a barba e ouvi a voz de Cristina. Quando terminei, minha mulher já estava falando com a intrusa. Eu as espiei pela abertura da porta. A intrusa tinha uma voz tão grave e os pés tão grandes que caí na risada.

— Se voltar a ver Daniel, pagará muito caro, Violeta.

— Não sei quem é Daniel e não me chamo Violeta — respondeu minha mulher.

— Está mentindo.

— Não estou mentindo. Não tenho nada com Daniel.

— Quero que a senhora saiba como a banda toca.

— Não quero mais escutar isso.

Cristina tapou as orelhas com as mãos. Entrei no quarto e disse à intrusa que fosse embora. Olhei seus pés de perto, as mãos, o pescoço. Então percebi que era um homem disfarçado de mulher. Não tive tempo de pensar no que fazer; como um relâmpago ele desapareceu deixando a porta entreaberta atrás de si.

Não comentamos o episódio, Cristina e eu; jamais vou entender por quê; era como se nossos lábios tivessem sido selados para tudo o que não fosse beijos nervosos, insatisfeitos, ou palavras inúteis.

Naqueles dias, tão tristes para mim, Cristina deu para cantar. Sua voz era agradável, mas me exasperava, porque era parte daquele mundo secreto que a afastava de mim. Se nunca tinha cantado antes, por que agora cantava noite e dia, enquanto se vestia ou tomava banho ou cozinhava ou fechava as janelas?!

Um dia ouvi Cristina exclamar com ar enigmático:

— Suspeito que estou herdando a vida de alguém, as alegrias e os sofrimentos, os erros e os acertos. Estou enfeitiçada — fingi não ouvir essa frase atormentadora. Entretanto, comecei a investigar pelo bairro quem era Violeta, onde estava e todos os detalhes de sua vida.

A meia quadra de nossa casa havia uma loja onde se vendiam cartões-postais, papel, cadernos, lápis, borrachas e brinquedos. A vendedora me pareceu a pessoa mais indicada para minhas investigações: era faladeira e curiosa, suscetível a bajulações. Com o pretexto de comprar um caderno e alguns lápis, fui uma tarde conversar com ela. Elogiei seus olhos, suas mãos, seus cabelos. Não me atrevi a pronunciar a palavra Violeta. Contei a ela que éramos vizinhos. Por fim, lhe perguntei quem tinha vivido em nossa casa. Disse-lhe, timidamente:

— Não era uma tal de Violeta?

Respondeu-me coisas muito vagas, que me deixaram ainda mais aflito. No dia seguinte, tratei de conferir no armazém alguns outros detalhes. Disseram-me que Violeta estava em um sanatório frenopático e me deram o endereço.

— Canto com uma voz que não é minha — me disse Cristina, renovando seu ar misterioso. — Se fosse antes, teria ficado angustiada, mas agora adoro. Sou outra pessoa, talvez mais feliz que eu.

Outra vez fingi que não a tinha ouvido. Eu estava lendo o jornal.

De tanto investigar detalhes da vida de Violeta, confesso que deixava de dar atenção a Cristina.

Fui ao sanatório frenopático, que ficava em Flores. Lá perguntei por Violeta e me deram o endereço de Arsenia López, sua professora de canto.

Tive que tomar o trem em Retiro, para que me levasse até Olivos. Durante o trajeto, entrou um pouco de terra no meu olho, de modo que na hora de chegar à casa de Arsenia López eu derramava lágrimas, como se estivesse chorando. Da porta da rua, ouvi vozes de mulheres, que faziam gargarejos com as escalas, acompanhadas de um piano, que mais parecia um realejo.

Alta, magra, aterradora, Arsenia López apareceu no fundo de um corredor, com um lápis na mão. Disse-lhe, com timidez, que vinha buscar notícias de Violeta.

— O senhor é o marido?

— Não, sou um parente — respondi enquanto secava os olhos com um lenço.

— O senhor deve ser um de seus inumeráveis admiradores — me disse entrecerrando os olhos e tomando a minha mão. — Veio aqui para saber o que todos querem saber? Como foram os últimos dias de Violeta? Sente-se. Não deve imaginar que uma pessoa morta tenha sido, obrigatoriamente, pura, fiel, boa.

— A senhora quer me consolar — disse eu.

Ela, apertando com sua mão úmida a minha, respondeu:

— Sim, quero consolá-lo. Violeta era não apenas minha aluna, era minha amiga íntima. Se se chateou comigo, foi talvez porque me confidenciou muitas coisas e porque já não conseguia mais me enganar. Nos últimos dias em que a vi, lamentou-se amargamente de sua sorte. Morreu de inveja. Repetia sem parar: "Alguém roubou minha vida, mas vai pagar muito caro por isso. Não vou mais ter meu vestido de veludo, será dela; Bruto será dela; os homens não se disfarçarão de mulher para entrar na minha casa, e sim na casa dela; perderei a voz que vou transmitir a esta outra garganta indigna; eu e Daniel não nos abraçaremos mais na ponte de Constitución, iludidos por um amor impossível, inclinados como antigamente sobre o parapeito de ferro, vendo os trens partirem".

Arsenia López me olhou nos olhos e disse:

— Não se aflija. Vai encontrar muitas mulheres mais leais. Era bonita, sabemos disso, mas a beleza é, por acaso, a única coisa boa no mundo?

Mudo, horrorizado, me afastei daquela casa sem revelar meu nome a Arsenia López, que, ao se despedir de mim, tentou me abraçar, para demonstrar sua simpatia.

Desde esse dia Cristina se transformou, ao menos para mim, em Violeta. Passei a segui-la o tempo todo, para flagrá-la nos braços de seus amantes. Distanciei-me tanto dela que a via como uma estranha. Numa noite de inverno, ela fugiu. Procurei por ela até o amanhecer.

Já não sei quem foi vítima de quem, nesta casa de açúcar que agora está desabitada.

A casa dos relógios

Estimada senhorita:

Já que me destaquei em suas aulas com minhas redações, cumpro com a promessa que fiz: me exercitarei escrevendo cartas. A senhorita me pergunta o que fiz nos últimos dias de férias, não?

Escrevo enquanto Joaquina ronca. É a hora da sesta e a senhorita sabe que, a essa hora e à noite, Joaquina, por causa da carne esponjosa que tem no nariz, ronca mais do que de costume. É chato, porque não deixa ninguém dormir. Escrevo à senhorita no caderninho dos deveres de casa, porque o papel de carta que consegui com o Pituco não tem linhas e a letra se espalha por todos os lados. Conto-lhe que Julia, a cachorrinha, agora dorme debaixo da minha cama, chora quando entra a luz da lua pela janela, mas eu não ligo, porque nem mesmo o ronco de Joaquina me desperta.

Fomos passear na lagoa La Salada. É muito gostoso se banhar. E me afundei no barro até os joelhos. Juntei plantas para o herbário e, nas árvores que ficam bem longe dali, juntei também ovos para minha coleção de pombas-torcazes, uracas e perdizes.

As perdizes não põem ovos nas árvores, e sim no solo, coitadinhas. Me diverti muito na lagoa Salada; fizemos fortalezas de barro; mas me diverti ainda mais à noite, na festa da Ana María Sausa, dada pelo batizado de Rusito. O pátio todo estava decorado com lanternas de papel e serpentinas. Puseram quatro mesas, que improvisaram com tábuas e cavaletes, com comidas e bebidas de todo tipo, que eram de lamber os dedos. Não fizeram chocolate por causa da greve do leite e porque meu pai fica louco só de ver leite, mas faz mal para o fígado dele.

Naquele dia Estanislao Romagán abandonou o colosso de relógios que ele tem sob seus cuidados para ver como preparavam a festa e para ajudar um pouquinho (ele, que nem aos domingos nem em dias de festa deixa de trabalhar). Eu amava muito o Estanislao Romagán. A senhorita se lembra daquele relojoeiro corcunda que consertou seu relógio? O que vivia na casinha subindo esta rua, aquela que eu chamava de A Casa dos Relógios, que ele mesmo construiu e que parece uma casinha de cachorro? Aquele que se especializou em despertadores? Vá saber se a senhorita não o esqueceu! É difícil de acreditar! Relógios e corcundas não se esquecem assim, do dia para a noite. Pois esse é Estanislao Romagán. Com um projetor de slides, ele me mostrava um relógio de sol que disparava um canhão automaticamente ao meio-dia, outro que não era de sol e cuja parte exterior representava uma fonte; outro, o relógio de Estrasburgo, com escada, carruagem e cavalos, figuras de mulheres com túnicas e homenzinhos esquisitos. A senhorita não vai acreditar, mas era muito agradável escutar, a qualquer momento, as diferentes sinetas de todos os despertadores e os relógios que davam as horas mil vezes por dia. Meu pai não pensava assim.

Para a festa, Estanislao desenterrou um terno que tinha guardado em um pequeno baú, entre dois ponchos, uma manta e três pares de sapatos que não eram dele. O terno estava amarrotado, mas, depois de lavar o rosto e pentear os cabelos, muito lustrosos, negros e que chegam quase até suas sobrancelhas, como um gorro catalão, Estanislao ficou bem elegante.

— Sentado, com a nuca apoiada sobre uma almofada, ficaria bem. Tem boa presença, melhor que a de muitos convidados — comentou minha mãe.

— Me deixa tocar suas costinhas? — dizia-lhe Joaquina, correndo com ele pela casa.

Ele permitia que tocassem suas costas, porque era bonzinho.

— E para mim, quem é que traz sorte?* — dizia.

— Você é um sortudo — respondia Joaquina —, tem a sorte em cima de você.

Mas eu achava uma injustiça dizer isso a ele. A senhorita não acha também?

A festa foi maravilhosa. E aquele que disser que não, está mentindo. Pirucha dançou rock e Rosita, danças espanholas; ela é loira, e mesmo assim dança com graça.

Comemos sanduíches de três andares, mas um pouquinho secos, merengues rosados com gosto de perfume, desses pequenininhos, e bolo e alfajores. As bebidas eram deliciosas. Pituco as misturava, as batia, as servia como um verdadeiro garçom profissional. Todo mundo me dava um pouquinho daqui, um pouquinho de lá, e assim cheguei a juntar e a beber o conteúdo de três taças, pelo menos. Iriberto me perguntou:

— *Che*, garoto, quantos anos você tem?

— Nove.

— Bebeu alguma coisa?

— Não. Nem um gole — respondi, porque me deu vergonha.

---

* Crendice popular que diz que tocar as costas de alguém corcunda traz boa sorte. (N. T.)

— Então tome esta taça.

E me fez beber um licor que me queimou a garganta até a campainha. Ele riu e disse:

— Assim vai virar homem.

Não se faz esse tipo de coisa com um menino, não acha, senhorita?

As pessoas estavam muito alegres. Minha mãe, que fala pouco, conversava como qualquer senhora, e Joaquina, que é tímida, dançou sozinha cantando uma canção mexicana que não sabia de memória. Eu, que sou retraído, conversei até com o velhinho malvado que sempre me manda para o diabo. Já era tarde quando, por fim vestido e penteado, Estanislao Romagán desceu de sua casinha, desculpando-se por usar um terno amarrotado. Aplaudiram-no e lhe deram de beber. Desdobraram-se em mil atenções a ele: lhe ofereceram os melhores sanduíches, os melhores alfajores, as bebidas mais gostosas. Uma moça, a mais bonita da festa, na minha opinião, arrancou uma flor de uma trepadeira e a colocou em sua lapela. Posso dizer que ele era o rei da festa e que foi ficando alegre com cada taça que tomava. As senhoras lhe mostravam os relógios de pulso desajustados ou quebrados, que quase todas levavam na munheca. Ele os examinava sorridente, prometendo que ia acertá-los sem cobrar nada. De novo se desculpou por usar um terno tão amarrotado e, rindo, disse que era porque não estava acostumado a ir a festas. Então Gervasio Palmo, que tem uma tinturaria atrás de casa, aproximou-se dele e disse:

— Vamos passar o terno agora mesmo. Para que servem as tinturarias se não para passar os ternos dos amigos?

Todos acolheram a ideia com entusiasmo, até o próprio Estanislao, que é tão moderado, gritou de alegria e deu uns passinhos no compasso da música vinda de um aparelho de rádio que estava no meio do pátio. Assim iniciaram a peregrinação à tinturaria. Minha mãe, aborrecida porque tinham lhe quebrado o enfeite mais bonito da casa e sujado um caminho de mesa de macramê, me segurou pelo braço:

— Não vá, querido. Me ajude a arrumar os estragos.

Como se o gato* estivesse falando comigo (ainda que a senhorita não acredite), saí correndo atrás de Estanislao, de Gervasio e do resto da comitiva. Depois da casinha dos relógios do Estanislao Romagán, a casa de que eu mais gosto no bairro é essa tinturaria La Mancha. Dentro dela há fôrmas de chapéus, enormes tábuas de passar, aparatos que soltam vapor, recipientes gigantescos e um aquário, com peixes coloridos. O sócio de Gervasio Palmo, que chamamos de Nakoto, é um japonês, e o aquário é dele. Uma vez ele me deu de presente uma plantinha, que morreu em dois dias. Como ele pode querer que um menino goste de uma planta? Essas coisas são para os adultos, não acha, senhorita? Mas Nakoto usa óculos, tem os dentes muito afiados e os olhos muito compridos; não me atrevi a dizer isto a ele: o que eu queria que ele tivesse me dado era um dos peixes. Qualquer um me entenderia.

Já tinha escurecido. Caminhamos meia quadra cantando uma canção que desafinávamos ou que não existe. Na frente da tinturaria, Gervasio Palmo procurou as chaves no bolso, demorou para encontrá-las, porque tinha muitas. Quando abriu a porta, todos nos amontoamos e ninguém conseguia entrar, então Gervasio Palmo impôs a calma com sua voz de trovão. Nakoto nos afastou, acendeu as luzes da casa, tirando os óculos. Entramos numa sala enorme, que eu não conhecia. Diante de uma fôrma que parecia uma sela de cavalo, parei para olhar o lugar onde iam passar o terno de Estanislao.

— Tiro a roupa? — perguntou Estanislao.

---

* Gato é uma música (e uma dança) crioula, típica do folclore argentino. (N. T.)

— Não — respondeu Gervasio —, não se preocupe. Vamos passá-la no seu corpo.

— E a giba? — quis saber Estanislao, timidamente.

Era a primeira vez que eu escutava essa palavra, mas, pela conversa, entendi o que significava (veja só que progresso em meu vocabulário).

— Também vamos passá-la — respondeu Gervasio, dando-lhe uma palmada no ombro.

Estanislao se acomodou sobre uma mesa comprida, como lhe ordenou Nakoto, que estava preparando as tábuas de passar. Um cheiro de amoníaco, de diferentes ácidos, me fez espirrar: tampei a boca com um lenço, seguindo seus ensinamentos, senhorita, mas alguém me disse "porco", o que me pareceu muita falta de educação. Que exemplo para um menino! Ninguém ria, a não ser Estanislao. Todos os homens esbarravam em algo, nos móveis, nas portas, nos utensílios de trabalho, neles mesmos. Traziam trapos úmidos, recipientes, tábuas. Aquilo parecia, ainda que a senhorita não acredite, uma operação cirúrgica. Um homem caiu no chão e me deu uma rasteira que por pouco não me arrebenta todo. Por isso, ao menos para mim, a alegria tinha acabado. Comecei a vomitar. A senhorita sabe que meu estômago é muito saudável e que os colegas do colégio me chamavam de avestruz, porque eu engolia qualquer coisa. Não sei o que aconteceu comigo. Alguém me tirou dali voando e me levou para casa.

Não voltei a ver Estanislao Romagán. Muita gente veio pegar os relógios e um caminhãozinho da relojoaria La Parca retirou os últimos, entre os quais havia um que parecia uma casa de madeira, meu preferido. Quando perguntei para minha mãe onde estava Estanislao, ela não quis me responder como devia ter respondido. Disse, como se falasse com o cachorro: "Foi para outro lugar", mas tinha os olhos vermelhos de chorar por causa do caminho de mesa de macramê e do enfeite, e me fez ficar quieto quando mencionei a tinturaria.

Daria tudo para saber alguma coisa do Estanislao. Quando souber de algo, escrevo outra vez para a senhorita.

Saudações carinhosas, seu aluno preferido.

N. N.

Mimoso

Fazia cinco dias que Mimoso estava agonizando. Com uma colherzinha, Mercedes lhe dava leite, suco de frutas e chá. Por telefone, ela chamou o embalsamador, deu a altura e a largura do cachorro e pediu os preços. Embalsamá-lo ia custar quase um mês de salário. Interrompeu a conversa e pensou em levá-lo imediatamente, para que ele não se deteriorasse muito. Ao se olhar no espelho, viu que seus olhos estavam muito inchados de tanto chorar e decidiu esperar a morte de Mimoso. Colocou um pratinho ao lado do aquecedor de querosene e voltou a dar leite ao cachorro com a colherzinha. Ele já não abria a boca e o leite se derramou no chão. Às oito, o marido chegou, choraram juntos e se consolaram pensando no embalsamamento. Imaginaram o cachorro na entrada do quarto, com seus olhos de vidro, cuidando simbolicamente da casa.

Na manhã seguinte, Mercedes pôs o cachorro dentro de uma bolsa. Não estava morto, talvez. Para não chamar atenção no ônibus, fez um embrulho com aniagem e folhas de jornal e o levou ao estabelecimento do embalsamador. Na vitrine da casa viu muitos pássaros, macacos e cobras embalsamados. Fizeram-na esperar. O homem apareceu em mangas de camisa, fumando um charuto toscano. Pegou o embrulho, dizendo:

— Tá, o cachorro está aqui. Como vai querer? — Mercedes parecia não compreender. O homem trouxe um álbum cheio de desenhos. — Quer ele sentado, deitado ou parado? Sobre um suporte de madeira preta ou pintadinho de branco? Como vai querer?

Mercedes olhou sem ver nada:

— Sentadinho, com as patinhas cruzadas.

— Com as patinhas cruzadas? — repetiu o homem, como se não tivesse gostado.

— Como o senhor quiser — disse Mercedes, ruborizando. Fazia calor, um calor sufocante. Mercedes tirou o agasalho.

— Vamos ver o animal — disse o homem, abrindo o embrulho. Pegou Mimoso pelas patas traseiras e continuou: — Está menos gordinho que a dona dele —, e soltou uma gargalhada. Olhou-a dos pés à cabeça e ela baixou os olhos e viu seus peitos sob o suéter justo demais. — Quando o vir pronto, vai ter vontade de comer.

Mercedes se cobriu com o agasalho bruscamente. Retorceu entre as mãos as luvas pretas de pelica e disse, contendo o anseio de esbofetear o homem ou de arrancar o cachorro dele:

— Quero um suporte de madeira como aquele — apontou para o que sustentava um pombo-correio.

— Vejo que a senhora tem bom gosto — sussurrou o homem. — E os olhos, quer de quê? De vidro vai ser um pouco mais caro.

— Quero de vidro — respondeu Mercedes, mordendo as luvas.

— Verdes, azuis ou amarelos?

— Amarelos — disse Mercedes, num ímpeto. — Ele tinha os olhos amarelos como as borboletas.

— E a senhora viu os olhos das borboletas?

— Como as asas — protestou Mercedes —, como as asas das borboletas.

— Sabia! Tem que pagar adiantado — disse o homem.

— Eu já sei — respondeu Mercedes —, o senhor me disse por telefone — abriu a carteira e tirou as notas; contou-as e as deixou sobre a mesa. O homem lhe deu o recibo. — Quando fica pronto, para eu vir buscá-lo? — perguntou ela, guardando o recibo na carteira.

— Não precisa. Eu é que vou levá-lo, dia vinte do mês que vem.

— Virei buscá-lo com meu marido — respondeu Mercedes e saiu precipitadamente da casa.

As amigas de Mercedes souberam que o cachorro tinha morrido e quiseram saber o que tinham feito com o cadáver. Mercedes disse que mandaram embalsamar, mas ninguém acreditou. Muitas pessoas riram. Ela resolveu que era melhor dizer que o tinha jogado por aí. Com sua trama nas mãos, esperava como Penélope, tecendo, a chegada do cachorro embalsamado. Mas o cachorro não chegava. Mercedes ainda chorava e secava as lágrimas com o lenço florido.

No dia marcado, ela recebeu um telefonema: o cachorro já estava embalsamado, só precisava ir buscá-lo. O homem não podia ir tão longe. Mercedes e o marido foram buscar o cão em um táxi.

— O que esse cachorro nos fez gastar — disse o marido no táxi, vendo os números subindo.

— Um filho não teria custado mais — disse Mercedes, tirando o lenço do bolso e enxugando as lágrimas.

— Bem, chega; você já chorou o bastante.

Na casa do embalsamador, tiveram que esperar. Mercedes não dizia nada, mas seu marido a observava atentamente.

— Será que as pessoas não vão dizer que você está louca? — inquiriu o marido com um sorriso.

— Pior para elas — respondeu Mercedes com veemência.

— Não têm coração, e a vida é muito triste para os que não têm coração. Ninguém ama gente assim.

— Tem razão, mulher.

O embalsamador trouxe o cachorro quase rápido demais. Sobre um apoio de madeira envernizada em tom escuro, semissentado, com os olhos de vidro e o focinho também envernizado, estava Mimoso. Aparentava boa saúde como nunca antes; estava gordo, bem escovado e lustroso, a única coisa que lhe faltava era falar. Mercedes o acariciou com as mãos trêmulas; lágrimas saltaram de seus olhos e caíram sobre a cabeça do cão.

— Não vá me molhar o cachorro — disse o embalsamador. — E lave a mão.

— Só falta falar — disse o marido. — Como o senhor faz essas maravilhas?

— Com venenos, senhor. Faço todo o trabalho com venenos, usando luvas e óculos; de outra maneira, me intoxicaria. É um sistema pessoal. Vocês não têm crianças em casa, têm?

— Não.

— Será que é perigoso para nós? — perguntou Mercedes.

— Só se vocês o comerem — respondeu o homem.

— Temos que cobri-lo — disse Mercedes, depois de secar suas lágrimas.

O embalsamador envolveu o animal embalsamado em folhas de jornal e entregou o embrulho ao marido. Foram embora alegres. No caminho, conversaram sobre o lugar onde colocariam Mimoso. Escolheram o saguão da casa, junto à mesinha do telefone, onde Mimoso os esperava quando eles saíam.

Uma vez em casa, depois de examinarem o trabalho do embalsamador, colocaram o cachorro no lugar escolhido. Mercedes se sentou de frente para ele, para olhá-lo: esse cachorro morto a acompanharia como a tinha acompanhado o mesmo cachorro vivo, a defenderia dos ladrões e da solidão. Acariciou sua cabeça com a ponta dos dedos e quando pensou que o marido não estava vendo, lhe deu um beijo furtivo.

— O que suas amigas vão dizer quando virem isso? — inquiriu o marido. — O que vai dizer o portador de livros da Casa Merluchi?

— Quando vierem jantar, vou guardá-lo no armário ou direi que foi um presente da senhora do segundo andar.

— Você vai ter que contar à senhora.

— Vou fazer isso — disse Mercedes.

Naquela noite beberam um vinho especial e foram para a cama mais tarde que de costume.

A senhora do segundo andar sorriu ao ouvir o pedido de Mercedes. Compreendeu a perversidade do mundo diante do qual uma mulher não pode mandar embalsamar seu cachorro sem que pensem que ela é louca.

Mercedes era mais feliz com o cachorro embalsamado do que com o cachorro vivo; não lhe dava de comer, não tinha que levar para fazer xixi nem tinha que dar banho nele, ele não sujava a casa nem mordia o capacho. Mas a felicidade não dura para sempre. A maledicência chegou até a casa na figura de um bilhete anônimo. Um desenho obsceno ilustrava as palavras. O marido de Mercedes ficou trêmulo de indignação: o fogo ardia menos na cozinha do que em seu coração. Pôs o cachorro sobre seus joelhos, quebrou-o em vários pedaços como se fosse um galho seco e o arremessou ao forno, que estava aceso.

— Sendo verdade ou não, não importa, o que importa é que estão falando.

— Você não pode me impedir de sonhar com ele — gritou Mercedes e, vestida, se deitou na cama. — Sei quem é este homem perverso que escreve bilhetes anônimos. É aquele portador miserável. Não voltará a entrar nesta casa.

— Você terá que recebê-lo. Ele vem jantar hoje à noite.

— Hoje à noite? — disse Mercedes. Saltou da cama e correu para a cozinha para preparar o jantar, com um sorriso nos lábios. Junto com o cachorro, pôs as costelas no forno.

Preparou a comida mais cedo que de costume.

— Temos carne assada com couro* — anunciou Mercedes.

Antes dos cumprimentos, à porta, o convidado esfregou as mãos ao sentir o cheiro que vinha do forno. Depois, enquanto se servia, disse:

— Estes animais parecem embalsamados — olhou com espanto os olhos do cachorro.

— Na China — disse Mercedes —, me disseram que as pessoas comem cachorros. Será que é verdade, ou será um conto chinês?**

— Não sei. Mas, em todo caso, eu não os comeria por nada neste mundo.

— Não se pode dizer "deste cachorro não comerei" — respondeu Mercedes com um sorriso encantador.

— Desta água não beberei — corrigiu o marido.

O convidado ficou impressionado com o desembaraço de Mercedes para falar de cachorros.

— Temos que chamar um barbeiro — disse o convidado ao ver a carne com couro com alguns pelos aparecendo e, gargalhando, com um riso contagiante, perguntou: — É com molho que se come carne com couro?

— É uma novidade — respondeu Mercedes.

O convidado se serviu da travessa, chupou um pedaço de couro embebido em molho, mascou-o e caiu morto.

— Mimoso ainda me defende — disse Mercedes, recolhendo os pratos e secando suas lágrimas, pois chorava enquanto ria.

---

* *Asado con cuero*, iguaria tradicional do pampa cujo procedimento é assar a carne ainda presa ao couro do animal inteiro, para que os líquidos naturais e a gordura sejam conservados, deixando-a mais macia e saborosa. (N. T.)
** *Cuento chino*, no original: invencionice, lorota. (N. T.)

O caderno

Era um feriado da Independência. Seu marido tinha ido ver o desfile. As ruas estavam embandeiradas e em todas as casas se escutavam músicas marciais. Era também um dia sem horas. Para não perder o espetáculo, tinham almoçado às onze e meia. O céu estava carregado.

— Pobres soldados, ter que marchar com um dia desses — repetia Ermelinda de Ríos, acendendo a luz.

Por mais que ela erguesse as cortininhas da janela, o quarto ficava em trevas. Lá fora caía uma chuva finíssima.

Nos dias de festa, Ermelinda sempre costurava na frente da janela. Remendava as camisas, cerzia as meias. Desta vez, ela cosia um vestido, para quando estivesse mais magra. O quarto estava em desordem, havia retalhos de tecido pelo chão, alfinetes, papéis recortados. A porta que comunicava com o quarto vizinho estava aberta. Ermelinda alçou os olhos e avistou a cama de casal, de bronze dourado; um ramalhete de flores no centro da cabeceira entrelaçava os barrotes com uma fita. Essa cama era a testemunha de sua felicidade. Sempre a mostrava a suas amigas e às amigas de suas vizinhas. Era o presente de casamento que tinha lhe dado Paula Hödl, a dona da casa de chapéus onde ela trabalhava. Fazia quinze anos que trabalhava lá, sem dúvida era a melhor artesã. As abas dos chapéus, sob suas mãos, dobravam-se como que por mágica; as fitas, as plumas, os laçarotes e as flores eram dóceis a seus dedos, que formavam, com idêntica facilidade, o chapéu de feltro, o panamá de papel, o verdadeiro panamá ou o chapéu de palha italiano. Paula Hödl a adorava. Quando algum admirador mandava flores para Paula, esta, infalivelmente, lhe dava duas ou três das mais bonitas. Mas Paula não gostava dela, e sim de sua habilidade, não gostava dela, senão dos chapéus que saíam de suas mãos como pássaros recém-nascidos. Desde que Ermelinda se casou, Paula falava com ela de um modo grosseiro, os chapéus estavam mal engomados, as clientes se queixavam. Balançava a mão ameaçadora.

— Bem que eu te disse, Ermelinda, te disse para não se casar. Agora você está triste. Perdeu até a habilidade que tinha para enfeitar chapéus — e, sacudindo um chapéu adornado com fitas, acrescentava com um levíssimo riso, que mais parecia um pigarro: — O que significa este laçarote? O que significa esta costura?

Ermelinda sabia que o chapéu estava uma porcaria, mas ficava em silêncio (era sua maneira de responder). Não estava triste. Até então tinha tratado os chapéus como recém-nascidos, frágeis e importantes. Agora lhe inspiravam um grande cansaço, que se traduzia em laçarotes malfeitos e pregados com grandes pontos, que martirizavam a frescura das fitas.

— Assim que a senhora sentir as primeiras dores, venha imediatamente para a maternidade — dissera-lhe o médico. — Creio que lhe faltam poucos dias.

Ermelinda sentia o filho se mexer dentro dela. Sentia que ele se encolhia, que se esticava caprichosamente, como em um berço que tinha acabado de estrear. Acreditava ver a forma dos pés nus e das mãos de boneca.

Não estava sozinha naquele quarto frio.

Alguém batia à porta, alguém sempre vinha interromper as longas conversas que tinha com seu filho, que às vezes era um rapaz de vinte anos com um terno cinza listrado, às vezes de doze anos e outras vezes um recém-nascido. Via o homem, o menino, o bebê; não o rosto. Ermelinda deixou a costura, fez entrar a vizinha, que chegava com seus dois filhos. Pediu a ela que se sentasse na cadeira de balanço, sua preferida, enquanto voltou à pequena cadeira de costura. Os meninos se arrastavam pelo chão. Eram pequeninos e morenos, com as bochechas craqueladas.

— Cumpro com minha promessa: trago aqui, para você, os cadernos dos meus filhos. Coitadinhos, é o primeiro ano que vão à escola — disse a vizinha, abrindo os cadernos e os entregando a Ermelinda.

Entre cada página de garranchos havia figurinhas coladas, ramalhetes de rosas e de não-te-esqueças-de-mim, mãos entrelaçadas, pombas, crianças, animais, bandeiras. Ermelinda folheava o caderno.

— Que bom. Que estudiosos são seus filhos, senhora — repetia ela enquanto passava as páginas, até que se deteve diante de uma, na qual havia o rosto de um menino muito rosado, colado entre um ramalhete de lilases. — É assim que eu queria que fosse. Assim que eu queria que fosse meu filho — repetia Ermelinda, indicando com a mão a imagem brilhante. — Minha tia me disse que, nos meses de gravidez, se se olha muito um rosto ou uma imagem, o filho sai idêntico a esse rosto ou a essa imagem.

— Falam tantas coisas — suspirou a vizinha, e acrescentou: — Não é por serem meus, mas meus filhos são muito lindos e durante os nove meses da gravidez pode-se dizer que não vi ninguém, nem olhei para ninguém, nem sequer em revistas, nem sequer em ilustrações. Naquela fazenda em La Pampa não tínhamos rádio. Não tínhamos outra música a não ser a música dos eucaliptos. Eu ficava reclusa nos quartos todo santo dia, jogando paciência. Que férias foram aquelas! Não vou me esquecer delas nunca — e dizendo isso pegou o caderno que Ermelinda lhe estendia, querendo lhe mostrar o rosto do menino rosado.

De repente Ermelinda viu que o filho mais novo da vizinha estranhamente se parecia com a dama de espadas; era uma espécie de pequeno homenzinho esmagado contra o chão, vestido de verde e vermelho. O outro parecia um rei bem cabeçudo com uma taça na mão, da qual bebia uma quantidade incalculável de água. Tinham espalhado pelo chão as coisas da escola e brincavam de guerrear com uns apontadores em forma de canhõezinhos.

A vizinha, olhando a figura, comentou:

— Tem o nariz muito arrebitado, além disso tem cabelo carapinha, como os negros.

Ermelinda balançou a cabeça.

— É um menino encantador — levantou os olhos triunfantes. — Quero que meu filho seja assim.

Até então ela não sabia como devia ser seu filho, loiro ou moreno, de olhos azuis, verdes ou pretos. Parecido com quem? Não sabia, e agora tinha encontrado a imagem.

— A senhora pode me emprestar este caderninho? Só até esta noite.

A vizinha consentiu e se despediu de Ermelinda, deixando-lhe um beijo pegajoso em cada bochecha. Os dois meninos saíram do quarto arrastando os pés.

Ermelinda voltou a se sentar com o caderno entre as mãos; estudou a imagem minuciosamente, em seguida a deixou sobre a mesa e pegou a costura. Mas não tinha dado nem quatro pontos quando começou a sentir uma dor, e depois outra, como relâmpagos espaçados, porém pontuais. Levantou-se da cadeira. Certamente era o filho que estava prestes a nascer; sentia-o em seu ventre como em um quarto escuro, batendo contra a porta, com insistência. Vestiu um agasalho e amarrou um lenço ao redor do pescoço. Pegou lápis e papel, onde escreveu em letras trêmulas: *O menino está para nascer, vou para a maternidade, a sopa está feita, basta esquentá-la para a hora do jantar, a figura que está na folha aberta deste caderno é igual ao nosso filho, enquanto olha para ela, leve o caderno para d. Lucía, que foi quem me emprestou.* Prendeu o papelzinho com um alfinete na colcha da cama, pôs ao lado o caderno aberto, apagou a luz e saiu do quarto.

Atravessou os corredores escuros, lentamente. Desceu as escadas íngremes, com medo de cair; aferrava-se ao corrimão. Esperou o ônibus na esquina. Levava apertada em sua mão a recomendação para o médico. O trajeto era longo. Parecia que o motorista do ônibus não tinha a pressa das outras vezes; parecia esperar uma namorada em cada esquina; olhava à esquerda e à direita e falava sozinho. Ermelinda pensou que ia ter o filho ali mesmo, tão forte continuavam os golpes e com tanta impaciência. O tráfego estava interrompido; as dores se sucediam como contas de um rosário interminável. Por fim o ônibus parou. Para chegar à maternidade ela não tinha que caminhar mais que uns quantos metros. Teve trabalho para se agachar; caminhava com rapidez e com uma estranha cadência de dança, por causa do esforço que fazia para não separar demais as pernas. Subiu os degraus altíssimos e brancos da maternidade; havia uma luz constante, de amanhecer. As enfermeiras a rodearam, a levaram de sala em sala, em seguida a deitaram numa cama. Ela viu muitas estrelas vermelhas e azuis adornando gigantescos chapéus; com os dentes, rasgou fitas de seda, que eram ásperos lençóis de algodão e que fizeram sua gengiva sangrar. A escuridão do quarto se enchia de filamentos deslumbrantes e de gritos. E depois perdeu a consciência. Nadava em um lago sem água e sem margem, até que chegou à ausência de dor, que foi uma grande nudez, pura e diáfana. Sentiu-se como uma casa muito grande e bem trancada, que tinha sido aberta de repente para um único menino que queria ver o mundo.

Despertou na caminha branca, multiplicada como em um quarto de espelhos, um quarto compridíssimo, repleto de caminhas brancas alinhadas. A enfermeira se inclinou sobre a cama:

— Senhora, veja o que lhe trago.

Entre envoltórios de choros e fraldas, Ermelinda reconheceu o rosto rosado colado sobre os lilases do caderno. O rosto talvez fosse muito corado, mas ela pensou que tinha a mesma cor berrante que têm os brinquedos novos, para que não se desbotem de mão em mão.

A sibila

As ferramentas de trabalho estão na sala do delegado: um relógio de pulso de ouro, as luvas, um arame, uma caixa de madeira com chaves, a lanterna, a pinça, a chave de fenda e uma malinha (para parecer mais sério, levo sempre uma malinha). Armas? Nunca quis usá-las. Para que me servem as mãos?, eu costumo dizer. São garras de ferro; se não estrangulam, dão socos como Deus manda.

Eu andava desanimado ultimamente. Há muita competição e pobreza. E quem é que não sabe disso! A vida de um açougueiro é menos sacrificada que a nossa. De noite, às vezes não tinha vontade de sair e rondar pelos quarteirões para conhecer um determinado bairro de Buenos Aires, ou uma casa; era francamente tedioso. Do Barrio Norte, gosto de Palermo, porque tem fontes e lagos onde a gente bebe e lava as unhas de alguns dedos; do Barrio Sur, Constitución, sem dúvida, porque lá conheci meus colegas na escada rolante, subindo e descendo, descendo e subindo, entregues a nossas ocupações. Eu me sentava nas praças, comendo laranjas ou pão; salame, quando tinha sorte, ou queijo fresco. Às vezes os transeuntes me olhavam como se vissem algo esquisito em mim. Não uso barba comprida até o umbigo nem ando com os dedos dos pés para fora, nem tenho pintas grandes entre as sobrancelhas, nem dentes de ouro. Outro dia perguntei a um fulano: "Está olhando o quê?", esquecendo minha responsabilidade, minha idade, minha situação. Talvez minhas calças de tecido azul sejam chamativas, porque levam, em vez de botões na braguilha, um fecho ecler: tudo o que se faz para não chamar atenção chama atenção. O que se há de fazer?! Se deslizo feito um verme, todo mundo repara em como caminho, se me visto como um porco, da cor das árvores ou das paredes ou da terra, todo mundo repara em meu traje. Se trato de não elevar a voz, Deus me livre!, todo mundo estica a orelha para me ouvir. Tomar sorvetes acaba sendo impossível para mim. As mocinhas me olham e se cutucam com o cotovelo. Às vezes ser simpático com as mulheres não é agradável; tenho que escutar asneiras o dia todo. Felizmente não ouço nada em uma das orelhas. Fiquei surdo aos dezesseis anos. Perfuraram meu tímpano com uma farpa. Vivíamos com meus pais em Punta Chica, em uma casa de palafitas. Meu pai, que é mal-humorado, e meus irmãos, que são casca-grossa, uma noite em que de brincadeira pus uns bagres na cama deles, deram uma de machões, me deitaram no chão e, enquanto uns me seguravam, outro me cravou a farpa dentro da orelha. Depois, naturalmente, para que eu não falasse, me meteram em um saco, que atiraram ao rio. Os vizinhos me salvaram. Achei estranho. Em seguida soube que fizeram isso para me fazer falar. Bando de curiosos! Todo mundo me odeia, a não ser as mulheres; no entanto, a srta. Rómula, que vive no armazém, me interpelou porque um dia matei um gato com uma paulada só, na porta de seu quarto:

— Mal-educado — me disse —, não pode fazer essas coisas em outro lugar?

Que incômodo lhe causaria umas gotinhas de sangue no chão? Dá para limpar em dois segundos. Nunca me perdoou. É uma preguiçosa, isso sim. Quando me empregaram na farmácia Firpo, as pessoas já começaram a me olhar como alguém que chama atenção. "Lesma" era como me chamavam quando eu corria, "Trem expresso", quando me demorava, "Seboso", quando eu tinha tomado banho, "Palmolive", quando não tinha. Mas o que mais me deixou indignado foi quando me chamaram de "Pizza", injustamente, porque me viram comendo, enquanto eu separava os produtos, um pedaço de colomba pascal que Susana Plombis me deu, para levar no bolso, quando tivesse fome, na minha bicicleta.

Foi naquela época que conheci muitas casas por dentro. Nenhuma me impressionou tanto quanto a de Aníbal Celino; talvez por eu ter entrado pela porta principal. Nas outras casas eu tinha que entrar pela cozinha. Guardo algumas colherinhas, alguns saleirinhos de prata, que subtraí das gavetas enquanto as criadas buscavam o dinheiro para pagar a conta, e que não me serviram de nada. A casa de Aníbal Celino era um palácio, nem mais nem menos. A primeira vez que me mandaram para lá com um pacote da farmácia Firpo, achei que a porta de serviço era a principal e corri a procurar a outra, acreditando que era a de serviço, porque estava suja. Conheço bem as casas de hoje. Casa cheia de luxo, casa suja. A porta estava fechada e se abriu quando bati com a aldraba, que era um leão de bronze mastigando um aro, também de bronze. Entrei na casa e não vi ninguém. Voltei a sair e no jardim vi as perucas descabeladas das palmeiras. Que árvores! Nem um cachorro iria gostar delas. Entrei outra vez: não havia ninguém. A porta se abriu sozinha. Então tropecei na escada de mármore que tinha uma balaustrada lustrosa, como o leão da porta. Dei alguns passos e entrei numa sala enorme, cheia de cristaleiras; aquilo parecia uma loja ou uma igreja. Em todo canto viam-se estátuas, bomboneiras, miniaturas, colares, leques, relicários, bonequinhos. Já em minha mão, porque sou distraído, vi uma bomboneira de ouro com turquesas; guardei no bolso; depois, em outro bolso, guardei uma estatueta que brilhava sobre uma mesa (meus bolsos têm fundo falso, por via das dúvidas. Rosaura Pansi se ocupa em forrá-los. Dou a ela muitos presentes e a pobrezinha fica agradecida até dizer chega). Quando saí do salão, ouvi um barulhinho na escada, como que de rato. Meu coração parou, porque vi uma menina muito novinha sentada no último degrau, olhando para mim com cara de cigana. Achei graça.

— Trago aqui um pacote da farmácia Firpo — disse a ela.

— Que pena! — me respondeu. — Então você não é o Senhor.

— Como assim não sou um senhor? Sou o quê, então? Trago um frasco de álcool, magnésia e pó de arroz — eu disse, lendo a fatura.

— Esta não é a porta de serviço. Saia — disse ela, arrancando de minhas mãos a fatura e olhando-a. — Vá até a esquina. Lá vão atendê-lo.

Eu bem gostaria de ter estrangulado aquela garota; era branca e suave como um anjo de porcelana que vi uma vez na vitrine de uma loja de arte sacra.

— As portas não são todas iguais?

— Todas — ela respondeu —, menos a do céu.

— E então por que você não recebe o pacote e paga?

— Porque não tenho dinheiro para pagar contas. Tenho dinheiro para dar, ou perder.

— Dar a quem?

— Dar a qualquer um que não seja da minha família, nem de minhas amizades.

— Perder como?

— Perder? De mil maneiras.

Tirou do bolso do avental um moedeiro com dinheiro, pôs as moedas em fila sobre o degrau.

— As moedas a gente perde ao jogar para tirar a sorte — ela me disse —, nas fontes ou em qualquer lugar, a questão é que se perdem. Para que servem?

Ela me pareceu um pouco menos repugnante, e lhe disse:

— Adeus, Micifús.*

— Meu nome é Aurora — respondeu com voz autoritária.

— Que culpa tenho eu se você tem olhos de gato? Ficou brava?

Não me respondeu e subiu as escadas aos pulos.

Durante muito tempo não voltei a ver Aurora, por mais que de vez em quando eu fosse à casa, levar produtos.

Quando me despediram da farmácia Firpo, conheci Canivete e Torno. Nós nos entendíamos, não posso dizer que como irmãos, dado o fuzuê que me aconteceu com os meus; nos entendíamos como amigos inseparáveis, isso quer dizer que às vezes não podíamos nos olhar frente a frente diante das pessoas sem rirmos feito doidos.

A verdade é que tudo era uma diversão. Não demorei a contar a eles sobre a casa de Aníbal Celino e de Aurora, ao passar pela Calle Canning. Enumerei os objetos que eu tinha visto lá. Foi um verdadeiro inventário!, porque nenhuma das riquezas do palácio tinha passado inadvertida por mim. Canivete me olhou desanimado:

— Quanta quinquilharia! E para que queremos isso? — disse.

* Termo que designa "gato", o animal. Está presente em vários textos literários clássicos, como a fábula poética de Micifuz e Zapirón, *Fábula de los gatos escrupulosos*, do espanhol Félix María Samaniego (1745-1801), e no poema épico burlesco *La gatomaquia*, "a batalha dos gatos", do também espanhol Félix Lope de Vega (1562-1635). (N. T.)

Mas Torno, que é mais entendido, ficou com os olhos acesos e sussurrou, com aquela voz que soava como um silvo na noite:

— Qualquer hora dessas, entraremos lá esta semana.

Tomamos, cada um, oito sorvetes e fomos para o jardim zoológico, para olhar os macacos. O sol castigava. Paramos para ouvir a musiquinha do carrossel, porque Torno gosta de qualquer musiquinha. Pudera: o pai tocava bandoneon. Como se estivesse pensando em outra coisa, ele planejava o assalto.

Durante vários dias, como era nosso costume, andamos vagando pelo bairro onde fica a casa. Passei um dia inteiro sentado sobre os restos de um muro destruído de um terreno baldio, vendo o movimento das pessoas que saíam e entravam. Não tinha nenhum vigia na esquina, por sorte. O único perigo, talvez, era o silêncio do quarteirão. O calor me obrigou a tirar a camisa: ninguém me disse nada, porque suar deixa as pessoas distraídas.

Por fim chegou a noite esperada. Eu tinha que entrar primeiro na casa, porque a conhecia e porque sou menos nervoso. Canivete e Torno ficariam do lado de fora, escondidos detrás das plantas, com uma bolsa vazia, onde colocaríamos os objetos adquiridos. Eu tinha que avisá-los com um psiu se a entrada deles estivesse liberada. Comemos às mil maravilhas aquela noite, com vinho tinto e grapa ao final. Custou-nos caro a festa.

Depois de algumas discussões sobre a hora conveniente para entrar na casa de Aníbal Celino, consultando o relógio a cada quinze minutos, nos encaminhamos para a Calle Canning e paramos em frente ao jardim de nossa casa, como se tivéssemos nos perdido. Canivete e Torno saltaram bruscamente a cerca do jardim e se esconderam entre umas plantas. Eu me protegi na escuridão da entrada, com a gazua já na mão. A cara brilhante do leão que mascava o aro me distraiu de minha tarefa por um instante; a porta se abriu de repente. Retrocedi num salto e me escondi entre as plantas, mas a porta permaneceu aberta. Durante um tempo longuíssimo, um relógio deu as horas com variadíssimas badaladas, em seguida um quarto de hora e então meia hora. Arranhando todo o tornozelo em uma maldita ramagem, esperei que alguma coisa acontecesse. Nada aconteceu; silêncio e mais silêncio, os olhos consumidos de sono, formigas me subindo pelas pernas até o umbigo. Esperei outros quinze minutos e me aproximei da porta, que permanecia aberta. Entrei na casa e acendi a lanterna. Fiz girar o foco de luz ao meu redor e o detive sobre a escada: em um dos degraus estava sentada Aurora. Acho que foi a primeira vez na minha vida que me assustei: parecia uma verdadeira anã, pois usava um camisolão longo e os cabelos recolhidos na ponta da cabeça. Como se estivesse me esperando, veio até mim e me disse ao ouvido:

— Você é o Senhor. Faz muito tempo que o espero.

Comecei a tremer e perguntei baixinho:

— Espera por quem?

Então, como se não escutasse o que eu estava dizendo, me disse, agitando uma de suas pernas, que parecia a de um gato quando limpa a cara:

— Clotilde Ifrán está me esperando.

— Quem é Clotilde Ifrán? Onde está?

— Está no céu. É uma vidente que leu minhas mãos. Quando morreu, estava deitada em uma cama linda, em sua loja. Vendia corpetes. Fazia cintas e corpetes para mulheres e tinha as gavetas de seu quarto cheias de fitas azuis e rosadas, elásticos e broches, botões por todo lado. Quando eu ia à casa dela com mamãe e a ficava esperando, ela me deixava brincar com tudo, e às vezes, quando eu faltava à escola e mamãe ia ao teatro ou Deus sabe onde, eu ficava na casa de Clotilde Ifrán, para que ela cuidasse de mim. E aí, sim, eu me divertia. Ela não só me dava bombons e me deixava brincar com agulhas, com as tesouras e as fitas, como também lia minhas mãos e tirava cartas para mim.

Um dia, estava jogada na cama, pálida que nem um susto, e me disse: "O Senhor virá me buscar, também virá por sua causa: e então nos encontraremos no céu". "E vamos nos divertir como nos divertimos aqui?", perguntei a ela. "Muito mais", me respondeu; "porque o Senhor é muito bom." "E quando ele virá me buscar?" "Não sei nem quando nem como, mas vou já jogar as cartas para saber", me respondeu. No dia seguinte, uns cavalos negros enormes a levaram ao cemitério de Chacarita em um carro cheio de adornos negros, com flores, e não a vi mais, nem em sonho. Você é o Senhor do qual ela sempre me falava, para quem não havia portas. Você quis comprovar minha lealdade, não é mesmo?, quando trouxe aquele pacote da farmácia Firpo. Você é o Senhor, porque tem a barba comprida.

— Hei de ser, se você diz.
— Um Senhor, a quem devemos dar tudo o que temos.
— Levaremos coisas brilhantes e bonitas, não é mesmo?
— Colocaremos tudo dentro de uma cestinha de piquenique. Me espere.

Aurora voltou com uma cestinha. Entramos na sala. Ela subiu em uma cadeira e procurou uma chavinha em cima de um móvel. Abriu a cristaleira e foi tirando objetos que ia me mostrando. Quando a cestinha ficou cheia, ela fechou a cristaleira à chave.

— Pronto — disse Aurora.

Neste momento ela elevou a voz. Com medo, eu disse:

— Tenha cuidado. Não faça barulho.
— Mamãe toma comprimidos para dormir e papai não acorda nem com um trovão. Quer que eu jogue as cartas? Farei com você o que Clotilde Ifrán fez comigo. Quer?

Desceu a escada num salto e me trouxe um maço de cartas; sentou-se em um dos degraus.

— Clotilde Ifrán jogava as cartas assim.

Aurora embaralhou as cartas, colocou-as em fila, uma por uma, sobre três degraus. O vai e vem de suas mãos começou a me deixar tonto. (Fiquei com medo de dormir: é o perigo da minha tranquilidade.) Propus que fôssemos para a sala, pensando nos objetos que eu tinha que recolher, mas ela não me escutou; com sua voz autoritária, começou a me ensinar o significado das cartas.

— Este rei de espadas, com a cara muito séria, é um inimigo seu. Está te esperando do lado de fora; vão matar você. Este cavalo de espadas também está te esperando. Você não ouve os ruídos que vêm da rua? Não ouve os passos, que vão se aproximando? É difícil se esconder na noite. Porque na noite se escutam todos os ruídos e a luz da lua é como a luz da consciência. E as plantas. Acredita que as plantas podem ajudar uma pessoa? São nossas inimigas, às vezes, quando chega a polícia, com as armas desembainhadas. Por isso Clotilde Ifrán queria me levar com ela. São muitos os perigos.

Eu queria ir embora, mas um torpor, como o que sinto depois de ter comido, me deteve. O que ia pensar Torno, o chefe? Feito um bêbado, me aproximei da porta e a entreabri. Alguém atirou; caí no chão como um morto e não soube mais nada.

O porão

Este porão, que no inverno é excessivamente frio, no verão é um paraíso. Na porta de ferro, acima, algumas pessoas se aproximam para tomar uma brisa durante os dias mais cruentos de janeiro e sujam o chão. Nenhuma janela deixa passar a luz nem o horrível calor do dia. Tenho um espelho grande e um sofá ou cama turca, que um cliente milionário me deu, e quatro colchas que fui adquirindo aos poucos, de outras sem-vergonhices. Em baldes, que o porteiro da casa ao lado me empresta, trago pelas manhãs água para lavar o meu rosto e as mãos. Sou asseada. Tenho um cabide, para pendurar meus vestidos atrás de um cortinado, e uma prateleira para o castiçal. Não há luz elétrica nem água. Minha mesa de cabeceira é uma cadeira, e minha cadeira, uma almofada de veludo. Um de meus clientes, o mais jovenzinho, me trouxe da casa de sua avó retalhos de cortinas antigas, com as quais enfeito as paredes, com figurinhas que recorto das revistas. A senhora de cima me dá o almoço; com o que guardo em meus bolsos e algumas balas, tenho café da manhã. Ter que conviver com ratos me pareceu, num primeiro momento, o único defeito deste porão, pelo qual não pago aluguel. Agora percebo que esses animais não são tão terríveis: são discretos. Em suma, melhor eles que as moscas, que tanto abundam nas casas mais luxuosas de Buenos Aires, onde me davam restos de comida quando eu tinha onze anos. Enquanto os clientes estão aqui, os ratos não aparecem: reconhecem a diferença que existe entre um silêncio e outro; surgem enquanto fico sozinha em meio a qualquer agitação; passam correndo, param por um instante e me olham de viés, como se adivinhassem o que penso deles. Às vezes comem um pedaço de queijo ou de pão que ficou no piso. Não têm medo de mim, nem eu deles. O chato é que não posso armazenar provisões, porque eles comem tudo antes que eu prove. Há pessoas mal-intencionadas que se alegram com essa circunstância e que me chamam de A Fermina dos Ratos. Não quero dar a elas o gosto de me ver pedir emprestadas armadilhas para exterminá-los. Vivo com eles. Reconheço-os e os batizo com nomes de atores de cinema. Um, o mais velho, se chama Charlie Chaplin, outro, Gregory Peck, outro, Marlon Brando, outro, Duilio Marzio; outro, que é brincalhão, Daniel Gélin, outro, Yul Brynner, e uma femeazinha, Gina Lollobrigida, e outra, Sophia Loren. É estranho como esses animaizinhos se apoderaram do porão onde talvez vivessem antes de mim. Até as manchas de umidade adquiriram formas de rato; todas são escuras e um pouco alongadas, com duas orelhinhas e uma cauda longa, em ponta. Quando ninguém me vê, guardo comida para eles em um dos pratinhos que o senhor da casa da frente me deu. Não quero que me abandonem, e se o vizinho vem me visitar e quer acabar com eles com armadilhas ou com um gato, faço um escândalo do qual ele vai se arrepender por toda a vida. A demolição desta casa está anunciada, mas daqui só saio morta. Em cima preparam baús e canastras e não param de empacotar coisas. Na frente da porta da rua estão caminhões de mudança, mas eu passo perto deles como se não os visse. Nunca pedi nem cinco centavos a esses senhores. Eles me espiam o dia todo e acham que estou com clientes, porque falo comigo mesma, para incomodá-los; porque têm raiva de mim, me trancaram com chave; tenho raiva deles, então não peço que me abram a porta. Faz dois dias que acontecem coisas estranhas com os ratos: um me trouxe um anel, outros, uma pulseira, e outro, o mais esperto, um colar. No começo eu não podia acreditar, e ninguém vai acreditar em mim. Sou feliz. E daí que seja um sonho! Tenho sede: bebo meu suor. Tenho fome: mordo meus dedos e meu cabelo. A polícia não virá me buscar. Não vai me exigir o certificado de saúde, nem de boa conduta. O teto está desmoronando, caem folhinhas de grama: deve ser a demolição, que começa. Escuto gritos e nenhum deles diz meu nome. Os ratos têm medo. Coitadinhos! Não sabem, não compreendem o que é o mundo. Não conhecem a felicidade da vingança. Me olho num espelhinho: desde que aprendi a me olhar nos espelhos, nunca me vi tão linda.

As fotografias

Cheguei com meus presentes. Cumprimentei Adriana. Ela estava sentada no centro do pátio, em uma cadeira de vime, rodeada pelos convidados. Vestia uma saia bem rodada, de organdi branco e com uma anágua engomada, cuja renda aparecia ao menor movimento, uma tiara de metal maleável com flores brancas no cabelo, umas botinas ortopédicas de couro e um leque rosado na mão. Aquela vocação para a desgraça, que eu tinha descoberto nela muito antes do acidente, não se notava em seu rosto.

Estavam Clara, Rossi, Cordero, Perfecto e Juan, Albina Renato, María, a de óculos, Bodoque Acevedo, com sua nova dentadura, os três garotos da finada, um loiro que ninguém me apresentou e a infeliz da Humberta. Estavam Luqui, o Anãozinho e o mocinho que foi namorado da Adriana, e que já não falava mais com ela. Mostraram-me os presentes: estavam dispostos em uma prateleira do quarto. No pátio, sob um toldo amarelo, tinham posto a mesa, que era bem comprida: duas toalhas a cobriam. Os sanduíches de verdura e presunto e os bolos muito bem elaborados despertaram meu apetite. Meia dúzia de garrafas de sidra, com seus copos correspondentes, brilhavam sobre a mesa. Fiquei com água na boca. Uma floreira com palmas-de-santa-rita laranja e outra com cravos brancos enfeitavam as cabeceiras. Esperávamos a chegada de Spirito, o fotógrafo: não podíamos nos sentar à mesa nem abrir as garrafas de sidra, nem tocar nos bolos, até que ele chegasse.

Para nos fazer rir, Albina Renato dançou A *morte do Cisne*. Ela estuda dança clássica, mas dançou de brincadeira.

Fazia calor e havia moscas. As flores das catalpas sujavam as lajotas do pátio. Os homens com jornais, as mulheres com viseiras improvisadas ou leques: todo mundo se abanava ou abanava os bolos e os sanduíches. A infeliz da Humberta fazia isso com uma flor, para chamar atenção. Que vento pode produzir uma flor, por muito que se agite?

Durante uma hora de espera, em que a cada vez que soava a campainha da porta todos nos perguntávamos se era ou não Spirito chegando, nos entretivemos contando histórias de acidentes mais ou menos fatais. Algumas das vítimas tinham ficado sem o braço, outras, sem as mãos, outras, sem as orelhas. "Mal de muitos, consolo de alguns", disse uma velhinha, referindo-se a Rossi, que tem um olho de vidro. Adriana sorria. Os convidados continuavam entrando. Quando chegou Spirito, abriram a primeira garrafa de sidra. Claro que ninguém a provou. Serviram-se várias taças e se iniciou o longuíssimo prelúdio ao esperado brinde.

Na primeira fotografia, Adriana, à cabeceira da mesa, procurava sorrir ao lado dos pais. Deu muito trabalho acomodar o grupo, que não era harmônico: o pai de Adriana era corpulento e bem alto, os pais franziam muito o cenho, segurando as taças no alto. A segunda fotografia não deu menos trabalho: os irmãozinhos, as tias e a avó se agrupavam desordenadamente ao redor de Adriana, tampando-lhe a cara. O coitado do Spirito tinha que esperar pacientemente o momento de sossego, em que todos ocupavam o lugar indicado por ele. Na terceira fotografia, Adriana brandia a faca para cortar um bolo que tinha seu nome, a data de seu aniversário e a palavra FELICIDADE escritos com merengue rosado, salpicado de jujubas.

— Ela tinha que ficar de pé — disseram os convidados.

A tia objetou:

— E se os pés saírem mal?

— Não se preocupe — respondeu o amável Spirito —, se não ficarem bem, depois eu corto.

Adriana fez uma careta de dor e o coitado do Spirito teve que a fotografar de novo, afundada em sua cadeira, entre os convidados. Na quarta fotografia, só as crianças a rodeavam; permitiram que elas segurassem as taças erguidas, imitando os mais velhos. As crianças deram menos trabalho que os adultos. O momento mais difícil não tinha terminado. Era preciso levar Adriana ao quarto de sua avó, para que tirassem as últimas fotos. Entre dois homens, levaram-na na cadeira de vime e a deixaram no quarto, com as palmas-de-santa-rita e os cravos. Lá a puseram sentada em um divã, entre vários almofadões sobrepostos. No quarto, que media cinco por seis metros, havia aproximadamente quinze pessoas enlouquecendo o coitado do Spirito, dando-lhe indicações e aconselhando Adriana a respeito da posição que devia adotar. Ajeitavam seu cabelo, cobriam seus pés, adicionavam almofadões, colocavam flores e leques, erguiam sua cabeça, abotoavam-lhe a gola, botavam-lhe pó de arroz, pintavam seus lábios. Não se podia nem respirar. Adriana suava e fazia caretas. O coitado do Spirito esperou mais de meia hora, sem dizer uma palavra; em seguida, com muitíssimo tato, tirou as flores que tinham sido colocadas aos pés de Adriana, dizendo que a menina estava de branco, e que as palmas-de-santa-rita alaranjadas destoavam do conjunto. Com uma santa paciência, Spirito repetiu a consabida ameaça:

— Agora vai vir o passarinho.

Acendeu as lâmpadas e tirou a quinta fotografia, que terminou em um trovejo de aplausos. Do lado de fora, as pessoas diziam:

— Parece uma noiva, parece uma verdadeira noiva. Uma pena, as botinas.

A tia de Adriana pediu que fotografassem a menina com o leque de sua sogra na mão. Era um leque com renda Alençon e lantejoulas, cujas varetas de madrepérola tinham pequenas pinturas feitas à mão. O coitado do Spirito não achou de bom gosto introduzir na fotografia de uma menina de catorze anos um leque preto e triste, por mais valioso que fosse. Tanto insistiram que ele aceitou. Com um cravo branco em uma mão e o leque preto na outra, Adriana saiu na sexta fotografia. A sétima motivou discussões: se seria tirada dentro do quarto ou no pátio, junto ao avô osso duro de roer, que não queria sair de seu canto. Clara disse:

— Se é o dia mais feliz da vida dela, como não vão fotografá-la perto do avô, que a ama tanto. — Em seguida, explicou: — Um ano atrás esta menina se debatia nos braços da morte, ficou paralítica.

A tia declarou:

— Nós nos desvelamos para salvá-la, dormindo ao lado dela nos pisos frios dos hospitais, dando nosso sangue em transfusões, e agora, no dia de seu aniversário, vamos deixar passar o momento mais solene do banquete, nos esquecendo de colocá-la no grupo mais importante, ao lado de seu avô, que sempre foi seu preferido?

Adriana se queixava. Acho que pedia um copo d'água, mas estava tão agitada que não conseguia pronunciar palavra alguma; além disso, o estrondo que as pessoas faziam ao se movimentar e ao falar teria sufocado suas palavras, se ela as tivesse pronunciado. Dois homens a levaram outra vez ao pátio, na cadeira de vime, e a puseram junto à mesa. Nesse momento se ouviu, vinda de um alto-falante, a canção ritual de "Feliz aniversário". À cabeceira da mesa, ao lado do avô e do bolo com velinhas, posou para a sétima fotografia, com muita serenidade. A infeliz da Humberta conseguiu se meter no retrato, em primeiro plano, com suas omoplatas descobertas e despeitada como sempre. Eu a acusei em público pela intromissão e sugeri ao fotógrafo repetir a foto, o que ele fez de bom grado. Ressentida, a infeliz da Humberta foi para um canto do pátio; o loiro que ninguém me apresentou a seguiu e, para confortá-la, soprou algo em seu ouvido. Se não tivesse sido por essa infeliz, a catástrofe não teria acontecido. Adriana estava a ponto de desmaiar quando a fotografaram de novo. Todos me agradeceram. Abriram as garrafas de sidra; as taças transbordavam de espuma. Cortaram os dois bolos em fatias gordas, que se repartiam em cada prato. Essas coisas levam tempo e atenção. Algumas taças foram derramadas sobre a toalha de mesa: dizem que traz sorte. Com a ponta dos dedos, umedecemos a testa. Alguns mal-educados já tinham bebido a sidra antes do brinde. A infeliz da Humberta deu o exemplo, e passou a taça ao loiro. Foi só mais tarde, quando provamos o bolo e brindamos à saúde de Adriana, que percebemos que ela tinha dormido. A cabeça pendia do pescoço como um melão. Não era estranho que, sendo aquela sua primeira saída do hospital, o cansaço e a emoção a tivessem vencido. Algumas pessoas riram, outras se aproximaram e bateram em suas costas para acordá-la. A infeliz da Humberta, aquela estraga-prazeres, sacudiu um de seus braços e berrou:

— Você está gelada.

Esse pássaro de mau agouro disse:

— Ela está morta.

Algumas pessoas que estavam longe da cabeceira acharam que se tratava de uma brincadeira e disseram:

— E como não vai estar morta, com este dia?

Bodoque Acevedo não largava de sua taça. Todos pararam de comer, menos Luqui e o Anãozinho. Outros, dissimuladamente, guardavam pedaços de bolo espremido e sem merengue no bolso. Como a vida é injusta! Em vez de Adriana, que era um anjinho, bem que podia ter morrido a infeliz da Humberta!

Magush

Uma bruxa tessálica leu o destino de Polícrates nos desenhos deixados pelas ondas na praia ao regressarem ao mar; uma vestal romana adivinhou o de César em um montinho de areia em torno de uma planta; o alemão Cornélio Agrippa usou um espelho para ler seu futuro. Alguns bruxos da atualidade leem o destino nas folhas de chá ou na borra de café no fundo de uma xícara, alguns em árvores, na chuva, nas manchas de tinta ou na clara do ovo, outros nas linhas das mãos, simplesmente; outros em bolas de cristal. Magush lê o destino no edifício desabitado que fica em frente à carvoaria onde vive. Os seis enormes janelões e as doze janelinhas do edifício vizinho são, para ele, como um baralho de cartas. Magush jamais pensou em associar janelas a cartas: eu é que pensei nisso. Seus métodos são misteriosos e só admitem uma explicação relativa. Ele me disse que, durante o dia, dificilmente consegue tirar conclusões, porque a luz atrapalha as imagens. O momento propício para realizar o trabalho é ao cair do sol, quando, pelas gelosias das janelas interiores, são filtrados certos raios oblíquos, que reverberam sobre os vidros das janelas da frente. Por causa disso, ele sempre marca seus clientes para a mesma hora. Eu sei, soube depois de muitas averiguações, que a parte mais alta do edifício revela assuntos do coração, a parte baixa, as questões de dinheiro e de trabalho, e a parte central, os problemas de família e o estado de saúde.

Magush, apesar de ter apenas catorze anos, é meu amigo. Eu o conheci por acaso, num dia em que fui comprar um saco de carvão. Não demorei para intuir seu gênio adivinho. Depois de algumas conversas no pátio da carvoaria (rodeados de sacos de carvão, nós dois morrendo de frio), ele me encaminhou para o cômodo onde trabalha. O cômodo é uma espécie de corredor, tão frio quanto o pátio; de lá, confortavelmente, através de uma combinação de claraboias com vidros coloridos e de uma janela estreita e alta, como se fosse para hospedar uma girafa, pode-se divisar o edifício da frente, com sua fachada amarelada, marcada por chuvas e pelo sol. Depois de ficar um pouco nesse cômodo, comprovei que o frio desaparecia, substituído por uma agradável sensação de calor. Magush me disse que aquele fenômeno se produz nos momentos de adivinhação e que o cômodo não é outra coisa senão um corpo que absorve aquelas irradiações tão benéficas.

Magush me cobriu de extraordinárias deferências. Deixou que eu olhasse, pessoalmente, na hora propícia, as janelas do edifício, uma por uma. (Às vezes as cenas vistas eram indecifráveis; nesse sentido, no começo tive sorte.) Em uma delas vi, para mal dos meus pecados, aquela que depois se tornou minha namorada com meu rival. Ela usava o vestido vermelho que me deixou deslumbrado e os cabelos soltos na frente, presos com um pequeno coque na nuca. Para ter visto esse detalhe, eu tinha que ter olhos de lince, mas a clareza da imagem se deve à magia que a rodeia, e não à minha vista. (A esta mesma distância consegui ler cartas e recortes de jornal.) Lá vi a cena pesarosa que depois tive que sofrer na própria carne. Lá vi aquele leito coberto de colchas rosadas e as senhoras horríveis que entravam e saíam com pacotes. Lá, nos vidros que refletiam o pôr do sol, vi os passeios no rio Tigre e no rio Luján. Lá estive a ponto de estrangular alguém. Depois, quando fui ao encontro desses acontecimentos, a realidade me pareceu um tanto desbotada e minha namorada talvez menos bonita.

Passadas aquelas experiências, meu interesse por alcançar meu destino diminuiu. Consultei-me com Magush. Era possível evitá-lo? Magush, que é inteligente, pensou se convinha tentar fazer isso. Por alguns dias não saí de seu lado. Me distraí vendo imagens, abrindo mão de buscá-las e de vivê-las. Magush me disse que, por se tratar de nossa amizade, que era de tantos anos, faria uma exceção: nunca tinha permitido a ninguém esse comportamento. Me entretive vendo meu destino naquelas janelas e as artimanhas que ele empregava com os clientes a quem enganava, entregando a eles o meu destino como se fosse o deles.

— É mais prudente que alguém viva seu destino imediatamente, à medida que vai aparecendo nas janelas. Senão ele pode vir atrás de você: o destino é como um tigre impiedoso, que espreita seu dono — me dizia Magush, e para me tranquilizar acrescentava: — Um dia, talvez, não haja mais nada para você nessas janelas.

— Vou morrer? — eu perguntava com certa inquietação.

— Não necessariamente — respondia Magush. — Você pode viver sem destino.

— Mas até os cães têm um destino — protestei.

— Os cães não podem evitá-lo: são obedientes.

Aconteceu, em parte, o que Magush tinha pressagiado, e vivi por um tempo entediado e tranquilo, devotado a meu trabalho, mas a vida me atraía e eu sentia falta de, ao lado de Magush, contemplá-la no edifício. Ainda não tinham se extinguido as figuras dedicadas a esclarecer meu destino. Em cada uma das janelas, inextricáveis novas composições às vezes nos surpreendiam. Luzes tétricas, fantasmas com caras de cachorro, criminosos, tudo indicava que não era bom que aqueles quadros que eu estava vendo chegassem a ser reais.

— Quem iria gostar de viver esses infortúnios? — eu disse a Magush, que resolveu, naquele dia, para me divertir, dar uma de consulente e de vidente ao mesmo tempo. Comecei a ver luzes de Bengala, títeres, lanterninhas japonesas, anões, pessoas vestidas de urso e de gato. Hipocritamente, eu disse: — Tenho inveja de você. Eu bem queria ter catorze anos.

— Mudo seu destino — me disse Magush.

Aceitei, embora sua proposta me parecesse ousada. O que eu faria com esses anõezinhos? Falamos por bastante tempo das dificuldades que podiam acarretar as diferenças de nossa idade. Talvez tenha nos faltado a fé de que precisávamos.

Nosso projeto não se cumpriu. Nós dois perdemos a chance de satisfazer nossa curiosidade.

Às vezes reincidimos na tentação de trocar o destino de um pelo do outro; fizemos algumas tentativas, mas sempre volta a acontecer o mesmo impedimento: quando se pensa nas dificuldades que Magush venceu, a ideia acaba sendo absurda. Não faz muito tempo, quase fui embora. Fiz minhas malas. Despedimo-nos. As imagens nas janelas eram tentadoras. Algo me deteve no último instante. A mesma coisa aconteceu com Magush; ele não teve coragem de escapar da carvoaria.

Sempre fico fascinado com o destino de Magush, e ele sente o mesmo diante do meu (por pior que seja), mas no fundo a única coisa que desejamos, eu e ele, é continuar contemplando as janelas dessa construção e presentear aos outros nosso destino, desde que ele não nos pareça extraordinário.

A propriedade

Nesta propriedade que dava sobre o mar, cujo jardim não tinha flores por causa do vento, mas onde havia todo tipo de cascata, de gruta, de fonte e de pérgula, vivíamos em um paraíso. A dona às vezes ia à cidade e durante sua ausência eu aproveitava para descansar. Bonita como ninguém mais, nesses dias eu saía e descia para a praia, com o quimono e as sandálias postos; não faltava esmalte em nenhuma unha, nenhuma perna sem depilar.

Aproveitei as férias, que passaram num piscar de olhos, para me submeter a cirurgias estéticas: comecei pelo nariz, depois foi a vez dos olhos e dos seios. Os médicos não me cobravam nada. Eu não via inconveniente algum em servir a seus experimentos, porque quem me atendia eram médicos importantes e sérios, verdadeiros doutores, e não estagiários que matam umas por aí, prometendo mundos e fundos.

Não havia, no continente inteiro, propriedade tão bonita quanto essa. Muitos hóspedes milionários vinham se instalar e passavam dias, às vezes semanas, às vezes meses na casa. A dona era boa, tanto para as visitas quanto para os empregados. Meu trabalho era agradável. Não encerava pisos nem limpava vidros, que é tão maçante.

O mais difícil para mim era me levantar às seis e meia da manhã: nem a limpeza dos banheiros, nem atender o telefone quando desligavam na minha cara me desagradavam tanto como esse momento em que eu abandonava meus castelos no ar para sair da cama e servir o café da manhã, que não é trabalho de cozinheira.

Naquela mansão, em vez de flores, eram peixes vermelhos, nadando em seus aquários como se estivessem em casa, que enfeitavam os quartos. Essa era uma das tantas originalidades da patroa. Além de ser generosa, minha patroa era bonita e tinha os cabelos claros como o trigo, "talvez um pouco magra demais para sua estatura", diziam o padeiro Ruiz e Langostino, o do cais, que eram uns invejosos; para mim, ela estava dentro de seu peso. Mas nunca estava satisfeita. Sempre queria emagrecer mais: que pecado! O tratamento de um especialista, com hormônios que custavam o olho da cara, a fez engordar quarenta quilos, que ela perdia facilmente, sem querer, fosse comendo como um tubarão ou como um passarinho. Quantas vezes eu a segurei em meus braços, chorando, porque não tinha perdido peso ou porque tinha engordado injustamente, apesar dos muitos sacrifícios! Certa vez até fiquei resfriada, de tantas lágrimas que recebi sobre os ombros. Eu era seu lenço de lágrimas!

— Se a senhora fosse pobre como eu, não se alimentaria tão mal — eu dizia a ela, para consolá-la. — Pior seria parecer um elefante como a d. Macuri, ou um palito de dente como a d. Selena, ou um faquir indiano, como outras de suas convidadas — acrescentava eu, com o coração na mão. Ela me fazia ficar quieta. Sabia que era perfeita, mas cismava com a mesma ladainha: gorda e magra, magra e gorda.

Às oito da manhã, os companheiros levavam os aquários ao

jardim para trocar a água e dar comida aos peixes, que eram uns comilões.

As venezianas ficavam bem fechadas, tanto que era preciso jeito e força para abri-las. Um dia um dos convidados me chamou para que eu abrisse uma delas.

— Eu fico sufocado nesta casa. É bonita, mas as venezianas não abrem.

Contei isso à patroa e ela aproveitou para não convidar mais o mal-agradecido, que nunca me deu gorjeta, nem quando eu pegava seus sapatos debaixo da cama, o que não era trabalho meu.

A patroa me tratava bem, a não ser quando se irritava, e isso acontecia todos os dias: por causa de uma porta aberta, por uma poltrona posta no lugar errado, por uma sujeirinha que tinha caído em um canto, por causa dos bem-te-vis que emporcalhavam as cadeiras do terraço. Que culpa tinha eu!

A patroa era elegante. Com verdadeiro desgosto, eu via envelhecer as roupas, os sapatos, as luvas, a roupa interior que ela ia me dar. Não sou interesseira. Às vezes, se o pincel do batom caía no chão, ela o dava para mim; se faltasse apenas um dente no pente, mesmo sendo de tartaruga, ela também o dava para mim. Não era mesquinha com os perfumes: ia embora meio frasco de perfume por dia: as visitas tinham todas o mesmo cheiro relaxante de algumas flores, que não me deixam dormir à noite.

Os trajes de banho, eu os estreava novinhos, porque no mesmo dia em que a patroa os comprava, para ela já pareciam horríveis, por isso, por aquilo e por aquilo outro. Eu era muito feliz naquela vida de abundância e de luxo: nunca faltou vinho na minha refeição, nem café nem chá, se eu quisesse. Os remédios velhos e as sobremesas que não tinham ficado muito boas, ela os dava para minha mãe doente, que a adorava como eu.

Tudo mudou quando chegou Ismael Gómez. A patroa já não me dava seus vestidos velhos, nem seus remédios, porque

Ismael Gómez considerava que quanto mais velha fosse a roupa ou o remédio, melhor eles caíam. As refeições também mudaram: me obrigaram a preparar muitas sobremesas com creme e ovo batido, muito merengue com doce de leite e gemas queimadas, que faziam mal ao meu fígado. Ismael Gómez tinha uma verdadeira adoração pela senhora patroa, mas a respeitava, isso, sim. Não a deixava se mexer, pegava para ela qualquer coisinha de que precisasse. O dia inteiro lhe oferecia algo de comer, comprava-lhe bebidas finíssimas e não dividia nada com ninguém, como se não quisesse abusar das riquezas dela. As pessoas diziam que ele era um doce, mas eu não o engolia.

Naquela época, a senhora contratou um tremendo cozinheiro, recomendado por Ismael Gómez. Tiraram-me da cozinha sem dizer água-vai. As refeições mudaram de novo. Enormes sobremesas de quatro andares, adornadas com figuras que aparentavam alegria, desfilavam diariamente pela sala de jantar. Com o tempo descobri que aquelas figuras feitas de merengue rosado, que, no primeiro momento, eu achei tão bonitas, representavam caveiras, monstros de quatro cabeças, demônios com foices, enfim, um universo inteiro de coisas horríveis, que minha patroa não percebeu porque não tinha malícia; eu não me atrevi a explicar nada a ela. Resolvi, no entanto, vigiar as refeições, as travessas, então eu entrava intempestivamente na cozinha, onde me recebiam com hostilidade.

Ismael Gómez redobrou seus cuidados com a patroa. Não permitia que a incomodassem nem para ir ao banco. Durante vários dias, em um caderno de folhas quadriculadas, como um bebê que não sabe escrever, ele se exercitou em imitar a assinatura dela, até que ninguém pudesse distinguir que mão tinha escrito aquelas linhas.

Várias vezes me escondi atrás da porta para escutar as conversas entre ela e Ismael Gómez, ao anoitecer, antes de nos deitar. Eu pressentia que alguma desgraça ia acontecer na casa, mas não conseguia explicar em que meus pressentimentos se fundamentavam. Tive que consultar um médico, porque fiquei febril de tanto ter tido pesadelos por noites seguidas.

Meus pressentimentos se cumpriram no dia em que vi minha senhora deitada com perfil de santa, entre coroas de flores brancas, na capela-ardente. Eu acabava de chegar da casa das minhas tias, onde tinha passado um mês de férias, e, na porta, com meu coração nas mãos, que batia como um despertador, perguntei:

— Onde está a patroa?

— Está na sala, de corpo presente — me responderam.

Caí de joelhos. Nos espelhos, eu parecia uma anã, sem tirar nem pôr. Quem é esta aí?, pensei, e era eu. Entrei na sala chorando feito uma madalena. Seu Ismael Gómez me tomou pelo braço e disse:

— Tenho que te dar uma boa notícia. A senhora te deixou uma pequena fortuna, sob a condição de que você cuide desta casa, que agora é minha, como sempre cuidou para mim e para ela, que continuará vivendo em nossa memória — e acrescentou, contendo as lágrimas: — Veja só como é a vida! Ela não quis ser minha noiva e agora é noiva da morte, que é menos alegre que eu.

Um zumbido de mosca-varejeira preencheu a sala: mulheres enlutadas rezavam. Perdi a cabeça.

Atirei-me nos braços que Ismael Gómez me estendia como um pai e entendi que ele era um patrão bondoso.

Os objetos

No dia de seu aniversário de vinte anos, alguém deu de presente a Camila Ersky uma pulseira de ouro com uma rosa de rubi. Era uma relíquia de família. Ela gostava da pulseira e só a usava em determinadas ocasiões, quando ia a algum encontro ou ao teatro, a alguma sessão de gala. Quando a perdeu, no entanto, não dividiu com o resto da família o luto de sua perda. Para ela, os objetos pareciam substituíveis, por mais valiosos que fossem. Apreciava apenas as pessoas, os canários que enfeitavam sua casa e seus cachorros. Ao longo da vida, acho que só chorou pelo desaparecimento de uma corrente de prata, com uma medalha de Nossa Senhora de Luján, banhada em ouro, presente de um de seus namorados. A ideia de ir perdendo as coisas, essas coisas que fatalmente perdemos, não a fazia sofrer como fazia o resto de sua família ou suas amigas, todas tão vaidosas. Foi sem lágrimas que viu a casa onde tinha nascido ser despojada, uma vez por um incêndio, outra, pelo empobrecimento, ardente como um incêndio, de seus adornos mais estimados (quadros, mesas, consoles, biombos, vasos, estátuas de bronze, ventiladores, anjinhos de mármore, dançarinos de porcelana, frascos de perfume em forma de flor de rabanete, cristaleiras inteiras com miniaturas repletas de cachos e barba), às vezes horríveis, mas valiosos. Suspeito que sua conformidade não era um sinal de indiferença e que ela pressentia, com certo mal-estar, que um dia os objetos tirariam dela algo muito precioso: sua juventude. Talvez agradassem mais a ela que às demais pessoas que choravam ao perdê-los. Às vezes os via. Chegavam a visitá-la, como pessoas em procissão, sobretudo à noite, quando estava para dormir, quando viajava de trem ou de carro, ou até mesmo em seu caminho diário para o trabalho. Por vezes a importunavam como se fossem insetos: ela queria espantá-los, pensar em outras coisas. Com frequência, por falta de imaginação, ela os descrevia aos filhos, nas histórias que contava a eles para distraí-los enquanto comiam. Não acrescentava aos objetos nem brilho, nem beleza, nem mistério: não era necessário.

Numa tarde de inverno, voltando dos afazeres pelas ruas da cidade, ao cruzar uma praça parou em um banco para descansar. Por que imaginar apenas Buenos Aires? Há outras cidades com praças. Uma luz crepuscular banhava os galhos das árvores, as veredas, as casas que a rodeavam; aquela luz que às vezes amplia a agudeza do contentamento. Olhou para o céu por bastante tempo, acariciando suas luvas de pelica malhada; em seguida, atraída por algo que brilhava no chão, baixou os olhos e viu, depois de um instante, a pulseira que tinha perdido fazia mais de quinze anos. Com a emoção de um santo diante do primeiro milagre, recolheu o objeto. A noite caiu antes que resolvesse, como outrora, colocar a pulseira no pulso de seu braço esquerdo.

Quando chegou em casa, depois de ter olhado seu braço para se assegurar de que a pulseira não tinha se desvanecido, deu a notícia aos filhos, que nem por isso interromperam as brincadeiras, e ao marido, que a olhou desconfiado, sem interromper a leitura do jornal. Por muitos dias, apesar da indiferença dos filhos e da desconfiança do marido, despertava nela a alegria de ter encontrado a pulseira. As únicas pessoas que teriam se assombrado devidamente já tinham morrido.

Começou a recordar com mais precisão os objetos que tinham povoado sua vida; lembrou deles com saudade, com uma ansiedade desconhecida. Como em um inventário, seguindo uma ordem cronológica invertida, apareceram em sua memória a pomba de quartzo com o bico e a asa quebrados; a bomboneira em forma de piano; a estátua de bronze, que segurava uma tocha com pequenas lâmpadas; o relógio de bronze; a almofada marmórea, com borlas e listras azul-claras; os binóculos de ópera com cabo de madrepérola; a xícara de chá com inscrições e os macacos de marfim, com cestinhas cheias de macaquinhos.

Da forma mais natural para ela, e mais inacreditável para nós, foi recuperando pouco a pouco os objetos que durante muito tempo tinham morado em sua memória.

Simultaneamente percebeu que a felicidade que tinha sentido no começo se transformou em mal-estar, em temor, em preocupação.

Quase não olhava mais para as coisas, com medo de descobrir um objeto perdido.

Enquanto Camila, inquieta, tentava pensar em outras coisas, os objetos apareciam, nos mercados, nas lojas, nos hotéis, em todo canto, da estátua de bronze com a tocha que iluminava a entrada da casa ao pingente de coração atravessado por uma flecha. A boneca cigana e o caleidoscópio foram os últimos. Onde encontrou esses brinquedos que eram parte de sua infância? Tenho vergonha de contar, porque vocês, leitores, vão pensar que quero apenas assustá-los e que não falo a verdade. Pensarão que os brinquedos eram outros, parecidos com os originais, e não os mesmos; que claro que não existe apenas uma boneca cigana no mundo, nem apenas um caleidoscópio. Mas o destino quis que o braço da boneca tivesse uma borboleta desenhada em nanquim e que o caleidoscópio tivesse, sobre o tubo de cobre, o nome de Camila Ersky gravado.

Não fosse tão patética, essa história seria tediosa. Se não parece patética a vocês, leitores, ao menos é curta, e contá-la me servirá de exercício. Nos camarins dos teatros que Camila costumava frequentar, ela encontrou os brinquedos que, por uma série de coincidências, pertenciam à filha de uma bailarina; a menina insistiu em trocá-los por um urso mecânico e um circo de plástico. Camila voltou para casa com os velhos brinquedos embrulhados em folhas de jornal. Ao longo do trajeto, diversas vezes quis deixar o pacote no descanso de uma escada ou na soleira de alguma porta.

Não havia ninguém em casa. Ela escancarou a janela, inspirou o ar da tarde. Então viu os objetos alinhados contra a parede do quarto, como tinha sonhado que os veria. Ajoelhou-se para acariciá-los. Perdeu a noção do dia e da noite. Observou que os objetos tinham caras, essas caras horríveis que ganham quando os olhamos por um tempo longo demais.

Através de uma fileira de glórias, Camila Ersky tinha por fim entrado no inferno.

Nós

— "Nunca se olhe num espelho!", seria uma redundância — me dizem nossos amigos. — Você estará olhando para Eduardo, que é igual a você, para se pentear ou dar o nó na gravata.

Dizem que nos parecemos como duas gotas de água, mas conheço tanto as diferenças que há entre nós como a que há entre minha mão esquerda e minha mão direita, ou entre meu olho direito e meu olho esquerdo. Modéstia à parte, meu rosto, de perfil, é mais bem-acabado que o de Eduardo; quando rimos, a covinha das bochechas, que tanto sucesso faz, é mais acentuada em mim; por isso as meninas me olham tanto: contudo, nunca tentei me apaixonar por outras mulheres que não fossem aquelas por quem meu irmão se apaixonava. Por vezes pensei que era bom ser um pouco independente, confesso, mas não levei isso adiante. Sou feliz: para que procurar pelo em ovo? Somos de uma família abastada e distinta. Pelas manhãs, tomamos um café para lá de farto, que até o rei da Inglaterra invejaria. Dedicamo-nos a alguns esportes: lançamento de dardo, natação, golfe. Pelas tardes nos ocupamos com nossa tarefa habitual, que tanta satisfação nos dá. Acho que não sabemos o que é estar triste ou deprimido. Nos bastaria abrir o guarda-roupa e contemplar nossos sapatos lustrosos como espelhos para apagar qualquer preocupação. A governanta que temos é um doce; ela deixa nossa vida ainda mais feliz. (Governanta, ama de leite, dona de casa. Essas mulheres exemplares sempre nos fascinaram.) Um dia nos apaixonamos por ela, porque estava sempre por perto, mas logo tivemos uma tremenda desilusão: seus dentes, que nos pareciam um colar de pérolas, eram postiços; nós os vimos dentro de um copo d'água, em seu quarto. Seus pés, nos quais tropeçávamos, tinham um dedo encavalado. Suas refeições pela manhã eram natas sobre um pedaço de pão e alho picado.

— Seria melhor pensar em outra coisa — eu disse a Eduardo, que imediatamente me compreendeu.

Pobre Bernarda! Quantas ilusões criou conosco. Mas não quero pensar nas desventuras alheias! Para ela, sempre seremos os garotos mimados, os diabinhos, os bonitões despreocupados.

Quando nos apaixonamos por Leticia, pensamos que o mundo ia mudar. A felicidade é ambiciosa: queríamos mais e mais. Conhecemos Leticia no Clube Náutico de San Isidro. Foi Eduardo quem a conquistou com não sei que ardis. Eu fiquei todo aceso, mas ela não queria saber de nada comigo.

— Por que você usa sempre o plural? — ela me disse.

— Isso a incomoda? — perguntei.

— O meu namorado é o Eduardo, você não entende? — me respondeu.

Afastei-me, desolado.

Ela às vezes me confundia com Eduardo, quando me encontrava na rua, e me cumprimentava efusivamente, ou ao telefone, quando ligava para casa para falar com ele e me dizia frases amorosas, que eu adorava. Quando Eduardo se casou, fingi uma viagem de alguns meses para a Patagônia, lugar ideal para um misantropo.

Fiquei incógnito em um hotel de Buenos Aires, sonhando que estava em viagem pela Europa. Eduardo vinha me visitar pelas tardes, com os bolsos cheios de tabletes de chocolate suíço. Do hotel, ele telefonava para sua mulher e me passava o fone para que eu finalizasse a conversa; eu fazia isso de boa vontade, afinal, Leticia me dizia palavras flamejantes com uma voz não menos flamejante. Como nos divertíamos!

No bairro onde Eduardo vivia aconteciam então frequentes cortes de luz, previamente anunciados nos jornais. Essa circunstância facilitaria as coisas. Eduardo, com muitos eufemismos, me deu a ideia:

— Por que não passa a noite com Leticia? Eu substituo você antes das sete da manhã.

Ele me deu as chaves. Com o coração na boca, aceitei e fui ao apartamento que fica na Calle Junín. Estava combinado que eu chegaria à meia-noite, hora em que Eduardo tinha que voltar de um jantar só de homens, no Hotel Alvear. Tomei uns comprimidos para os nervos e cheguei ao apartamento depois de me demorar no elevador mais do que necessário. Abri a porta com tranquilidade, escutei passos descalços no carpete. Leticia se jogou em meus braços. Eduardo tinha me dito:

— Você tem que fingir que sou eu. Chame-a de *minha ovelhinha*.

Para mim não era difícil imaginar que eu era Eduardo, pois na infância tinha feito muitas vezes brincadeira parecida; mas chamá-la de Ovelhinha, isso eu não podia. Levantei-a em meus braços e a levei para a cama. Do resto, quase não me lembro. A emoção sexual é uma espécie de hipnótico, me rouba a memória. Quando Eduardo chegou para me substituir, eu estava dormindo profundamente. Com muito cuidado, ele teve que se aproximar da cama e me acordar, antes que Leticia despertasse. Voltei várias vezes, em circunstâncias semelhantes, para dormir nos braços de Leticia. A vida se tornou agradável, mas não livre de perigos e de variações.

Duas pessoas juntas se atrevem a fazer qualquer coisa: Eduardo e eu temos uma força maior que a média das pessoas. Que outros irmãos gêmeos teriam ousado coisa parecida?

Bem se diz que o amor é cego. Começava o outono. Durante uma semana, Leticia conviveu comigo acreditando que eu era Eduardo. Eu mesmo cheguei a achar que era Eduardo, de tanto que o imitava. Mas um evento desagradável quebrou o encanto. Leticia ouviu comentários maldosos de pessoas que tinham visto Eduardo na hora em que ela estava em meus braços. Ela começou a calcular possíveis desdobramentos, imaginar situações mágicas que permitiam que simultaneamente estivesse nos braços de Eduardo enquanto Eduardo estava em outros lugares. Alguém, talvez por pura maldade, tirou uma fotografia de Eduardo, sem que ele percebesse, em uma casa onde se jogava pôquer. A foto tinha a data e o endereço no verso e a pessoa a enviou para Leticia.

Leticia começou a refletir com frieza enquanto eu a abraçava. Confidenciou-me suas apreensões. Eu a tranquilizei. Minha vida já não era uma vida! Numa manhã, achei que Leticia estava dormindo, como sempre estivera à hora que Eduardo chegava para me substituir. Levantei-me furtivamente assim que ouvi entrar Eduardo, que se assomou à porta. Nosso sangue gelou! Como uma assombração, Leticia se levantou da cama. Tanta tranquilidade não era humana. Foi até o telefone e falou com uma tapeçaria para que fossem colocar os tapetes. Pensei que ia matar um de nós dois ou nos denunciar. Certamente a vergonha a impediu de fazê-lo. Tentou de todas as formas que Eduardo partisse para cima de mim.

Fizemos nossas malas, e Eduardo e eu fomos embora daquela casa onde a vida já nos parecia tediosa, para não dizer insuportável.

A fúria

(Para meu amigo Octavio)

Há momentos em que penso ainda ouvir aquele tambor. Como posso sair desta casa sem ser visto? E, supondo que pudesse sair, uma vez do lado de fora, como faria para levar o menino à casa dele? Esperaria que alguém anunciasse seu desaparecimento por rádio ou pelos jornais. Fazê-lo sumir? Não seria possível. Me suicidar? Seria a última solução. Além disso, como eu poderia fazer isso? Escapar? Por onde? Nos corredores, neste momento, há gente. As janelas estão vedadas.

Formulei mil vezes essas perguntas a mim mesmo, até que descobri o canivete que o menino tinha nas mãos e que guardava de vez em quando no bolso. Me tranquilizei pensando que, em última instância, podia matá-lo, cortando-lhe, na banheira, para que não sujasse o piso, as veias dos pulsos. Já morto, eu o colocaria debaixo da cama.

Para não enlouquecer, tirei a caderneta de anotações que levo no bolso e, enquanto o menino inventava brincadeiras estranhas com as franjas da colcha, com o tapete, com a cadeira, escrevi tudo o que tinha me acontecido desde que conheci Winifred.

Eu a conheci em Palermo. Seus olhos brilhavam, só agora me dou conta, como os das hienas. Fazia-me lembrar uma das Fúrias. Era frágil e nervosa, como costumam ser as mulheres de que você não gosta, Octavio. Os cabelos negros eram finos e crespos, como os pelos das axilas. Nunca soube que perfume usava, pois seu cheiro natural modificava o do frasco sem etiqueta, decorado com cupidos, que vislumbrei na bagunça de dentro de sua bolsa.

Nosso primeiro diálogo foi breve:

— *Che*, não parece argentina, você.
— Claro que não. Sou filipina.
— Fala inglês?
— Claro.
— Você podia me ensinar.
— Para quê?
— Ajudaria nos meus estudos.

Ela passeava com um menino de quem tomava conta: eu, com um livro de matemática ou de lógica debaixo do braço. Winifred não era muito jovem; percebi isso pelas veias das pernas, que formavam pequenas arvorezinhas azuis na altura do joelho, e pelo inchaço pronunciado das pálpebras. Disse que tinha vinte anos.

Eu a via aos sábados à tarde. Por um tempo, percorrendo o mesmo trajeto do primeiro dia, desde o busto de Dante, que fica ao lado de uma aroeira-vermelha, até a jaula dos macacos, olhando a ponta de nossos sapatos sujos de poeira, ou dando carne crua aos gatos, repetimos o mesmo diálogo, com distintas ênfases; quase poderia dizer com distinto significado. O menino tocava o tambor sem parar. Nos cansamos dos gatos no dia em que nos demos as mãos: não sobrava tempo para cortar tantos pedacinhos de carne crua. Um dia levamos pão para as pombas e os cisnes: isso foi um pretexto para tirarmos um retrato ao pé da ponte que se comunica com a ilha murada do lago, cujo portão está repleto de inscrições pornográficas. Ela quis escrever nossos nomes junto a uma das inscrições mais obscenas. Obedeci sem vontade.

Me apaixonei quando ela pronunciou um alexandrino (você me ensinou métrica, Octavio).

— Me lembro de minhas asas de anjo, de quando eu era pequena.

Para me manter firme, olhei seu reflexo na água. Acho que ela estava chorando.

— Você tinha asas de anjo? — perguntei com voz sentimental.

— Eram de algodão e bem grandes — ela me respondeu.
— Emolduravam meu rosto. Pareciam de arminho. Para o dia de Nossa Senhora, as irmãs do colégio me vestiram de anjo, com um vestido azul-celeste; um vestido não, uma túnica. Por baixo dela, eu usava um collant celeste e sapatos do mesmo azul. Fizeram cachinhos em mim e os selaram com goma-arábica.

Passei meu braço ao redor de sua cintura, mas ela continuou falando:

— Na cabeça me puseram uma coroa de açucenas artificiais. Não, as açucenas têm um perfume muito forte; acho que eram nardos. Sim, nardos. Vomitei durante toda a noite. Nunca vou me esquecer desse dia. Minha amiga Lavinia, tão estimada quanto eu no colégio, recebeu a mesma distinção: vestiram-na de anjo, de anjo rosado (o anjo rosado era menos importante que o anjo celeste).

(Me lembrei de seus conselhos, Octavio, não se deve ser tímido para conquistar uma mulher.)

— Que tal se nos sentarmos? — eu disse, abraçando-a na frente de um banco de mármore.

— Vamos nos sentar no gramado — ela me disse.

Deu uns passos e se jogou no chão.

— Adoraria encontrar um trevo de quatro folhas... e adoraria te dar um beijo.

Ela prosseguiu como se não tivesse me ouvido:

— Minha amiga Lavinia morreu naquele dia: foi o dia mais feliz e o mais triste da minha vida. Feliz, porque nós duas estávamos vestidas de anjo; triste, porque perdi para sempre a felicidade.

Para que eu sentisse suas lágrimas, ela pôs minha mão em sua face.

— Sempre que me lembro dela, choro — disse com voz entrecortada. — Aquele dia festivo terminou em tragédia. Uma das asas de Lavinia pegou fogo na chama do círio que eu carregava. O pai dela se precipitou para salvar a filha: pegou-a no colo, correu para a sacristia, atravessou o pátio, entrou no banheiro com essa tocha viva. Quando a afundou na água da banheira já era tarde. Minha amiga Lavinia jazia carbonizada. Do seu corpo sobrou apenas este anel, de que cuido como se fosse ouro em pó — ela me disse, mostrando em seu dedo anelar um anelzinho com um rubi. — Um dia, numa brincadeira, ela prometeu que me daria o anel quando morresse. Não faltou gente mal-intencionada que me acusasse de ter incendiado de propósito as asas de Lavinia. A verdade é que posso me gabar de ter sido bondosa só com uma pessoa na vida: com ela. Eu vivia cuidando dela, dedicada como uma verdadeira mãe, educando-a, corrigindo seus defeitos. Todos nós temos defeitos: Lavinia era orgulhosa e medrosa. Tinha os cabelos compridos e claros, a pele muito branca. Para corrigir seu orgulho, um dia lhe cortei uma mecha, que guardei em segredo num relicário; tiveram que cortar o resto dos cabelos, para igualá-lo. Em outro dia, derramei um frasco de água-de-colônia sobre o pescoço e a bochecha dela; sua pele ficou toda manchada.

O menino tocava o tambor perto de nós. Dissemos a ele que se afastasse, mas ele não nos obedeceu.

— E se arrancássemos o tambor dele? — indaguei com impaciência.

— Ele teria um chilique — Winifred me respondeu.

— Posso te ver algum dia, sem o menino ou sem o tambor?

— Por enquanto não — respondeu Winifred.

Cheguei a pensar que era filho dela, de tanto que ele a comprazia.

— E a mãe, a mãe nunca pode ficar com ele? — perguntei um dia, cáustico.

— É para isso que me pagam — ela devolveu, como se eu a tivesse ofendido.

Depois de uma série de beijos, que trocamos entre as folhagens, ela continuou suas confidências, sem que o menino parasse de tocar o tambor.

— Nas Filipinas existem paraísos.

— Aqui também — respondi, achando que ela falava das árvores que têm esse nome.

— Paraísos de felicidade. Em Manila, onde nasci, as janelas das casas são decoradas com madrepérola.

— Tendo janelas decoradas com madrepérola uma pessoa consegue ser feliz?

— Estar no paraíso equivale a alcançar a felicidade; mas a serpente sempre aparece, e espera-se por isso. Os tremores de terra, a invasão japonesa, a morte de Lavinia, tudo aconteceu depois. E no entanto eu pressenti. Meus pais sempre colocavam do lado de fora de casa, ao lado da porta principal, um pratinho com leite, para que as cobras não entrassem. Uma noite eles se esqueceram de fazer isso. Quando meu pai se enfiou na cama, sentiu algo frio entre os lençóis. Era uma cobra. Para matá-la com um balaço só, ele teve que esperar até amanhecer. Não queria nos assustar com a detonação. Aquela vez pressenti tudo o que ia acontecer. Foi uma premonição. Ajoelhada na capela do colégio, eu pedia proteção a Deus, mas sempre que estava de joelhos, meus pés me incomodavam. Eu os dobrava para fora, para dentro, para um lado, para o outro, sem encontrar a posição certa apara o recolhimento. Lavinia me olhava espantada; ela era muito inteligente e não conseguia entender que alguém tivesse dificuldades assim diante de Deus. Ela era sensata; eu, romântica. Um dia, vagando com um livro em um campo coberto de lírios, adormeci. Já era tarde. Procuraram por mim com lanternas: o cortejo era encabeçado por Lavinia. Lá os lírios dão sono, são flores narcóticas. Se não tivessem me encontrado, certamente você não estaria conversando hoje comigo.

O menino sentou-se ao nosso lado, tocando o tambor.

— Por que não arrancamos o tambor dele e o atiramos no lago? — ousei dizer. — Este barulho me atordoa.

Winifred dobrou sua capa de chuva vermelha, acariciou-a e continuou falando:

— Nos dormitórios do colégio, Lavinia chorava de noite, porque tinha medo dos animais. Para combater aquele terror inexplicável, coloquei aranhas vivas na cama dela. Uma vez coloquei um rato morto que encontrei no jardim, outra vez coloquei um sapo. Apesar de tudo, não consegui corrigir isso nela; seu medo, pelo contrário, se agravou por um tempo. Chegou ao ápice no dia em que a convidei para ir à minha casa. Em volta da mesinha onde estava disposto o jogo de chá com os doces folhados, pus todas as feras que meu pai tinha caçado na África e que tinha mandado embalsamar: dois tigres e um leão. Naquele dia, Lavinia não provou o leite nem os folhados. Eu fingia dar de comer às feras. Ela chorava. Eu a levei às espreguiçadeiras do jardim, para consolá-la. Não parou de chorar, até que anoiteceu. Então aproveitei a escuridão para me esconder atrás de umas plantas. O medo secou suas lágrimas. Achou que estava sozinha. O lugar onde estavam as espreguiçadeiras ficava afastado da casa. Ela permaneceu de pé, perto de um banco rústico, coçando nervosamente os joelhos, até que apareci, coberta de folhas de bananeira. No escuro, imaginei a palidez de seu rosto e os fiozinhos de sangue de seus joelhos arranhados. Eu disse seu nome três vezes: Lavinia, Lavinia, Lavinia, tentando mudar minha voz a cada vez. Apalpei sua mão gelada. Acho que ela desmaiou. Nessa noite tiveram que colocar bolsas de água quente nos pés e bolsas de gelo na cabeça dela. Lavinia disse a seus pais que não queria mais me ver. Nós nos reconciliamos, como é natural. Para celebrar nossa reconciliação, eu fui à casa dela com vários presentes: chocolate e um aquário com um peixe vermelho; mas o que mais lhe desagradou foi um macaquinho, vestido de verde, com quatro guizos pendurados no pescoço. Seus pais me receberam com carinho e me agradeceram pelos presentes, coisa que Lavinia não fez. Acho que o peixe e o macaco morreram de inanição. Quanto ao chocolate, ela nem o provou. Tinha a mania de não comer doces, razão pela qual a repreendiam, isso quando não enfiavam à força em sua boca os bombons ou os doces que eu sempre dava a ela.

— Você não quer passear em outro lugar? — eu disse, interrompendo suas confidências. — Está chovendo.

— Tudo bem — ela me respondeu, vestindo a capa de chuva.

Caminhamos, cruzamos a alameda das palmeiras, chegamos ao Monumento aos Espanhóis. Procuramos um táxi. Dei as instruções ao *chauffeur*. No caminho compramos chocolate e pão para o menino. A casa era como as outras do mesmo gênero, um pouco maior, talvez. O quarto tinha um espelho com moldura dourada e um chapeleiro cujos ganchos exibiam, nas extremidades, pescoços de cisne. Escondemos o tambor debaixo da cama.

— O que fazemos com o menino? — perguntei, sem receber outra resposta que não o abraço que nos conduziu a um labirinto de outros abraços. Entramos no quarto, nos demoramos na escuridão como em um túnel, ofuscados pela luz do jardim onde tínhamos estado.

— E o menino? — voltei a interrogar, percebendo sua ausência, seu chapéu de palha e suas luvas brancas na penumbra. — Será que ele não está debaixo da cama?

— Esse espevitado deve estar pelos corredores da casa.

— E se alguém o vir?

— Vão pensar que é o filho do dono.

— Mas não é permitido trazer crianças aqui.

— E como o deixaram entrar?

— Ninguém o notou debaixo da sua capa de chuva.

Fechei os olhos e inspirei o perfume de Winifred.

— Que cruel você foi com Lavinia — eu lhe disse.

— Cruel? Cruel? — ela me respondeu, com ênfase. — Cruel eu sou com o resto do mundo. Cruel eu serei com você — disse, mordendo meus lábios.

— Não vai conseguir.

— Tem certeza?

— Tenho certeza.

Agora compreendo que, ao cometer crueldades ainda maiores com as outras pessoas, ela só queria se redimir para Lavinia. Redimir-se através da maldade.

Depois fui atrás do menino, porque ela me pediu. Andei pelos corredores. Não tinha ninguém. Detive-me no pátio aonde chegavam os táxis com casais que disfarçavam risadas, excitação, vergonha. Um gato branco subiu numa trepadeira. O menino estava fazendo xixi na parede. Peguei-o no colo e o levei dali, tentando me esconder o melhor que podia. Ao entrar no quarto, primeiro não vi nada; a escuridão era absoluta. Em seguida percebi que Winifred não estava mais lá. Não tinha ficado nada que era dela, nem sua bolsa, nem suas luvas, nem o lenço com suas iniciais em azul-celeste. Abri a porta com toda força para ver se a alcançava no corredor, mas não encontrei nem seu perfume. Voltei a fechá-la e, enquanto o menino brincava perigosamente com as franjas da colcha, achei o tambor. Repassei todos os cantos onde Winifred poderia, distraída, ter deixado algo seu, algo que me ajudasse a encontrá-la de novo: seu endereço, o endereço de uma amiga, seu sobrenome.

Tentei dialogar com o menino várias vezes, mas não ajudou muito.

— Não toque o tambor. Como você se chama?
— Cintito.
— Isso é um apelido, qual é o seu nome verdadeiro?
— Cintito.
— E como se chama sua babá?
— Niní.
— Niní de quê?
— De nada.
— Onde ela mora?
— Em uma casinha.
— Onde?
— Em uma casinha.
— E onde fica essa casinha?
— Não sei.
— Se você me disser como se chama sua babá, te dou bombons.
— Me dá os bombons.
— Depois. Como ela se chama?

Cintito continuou brincando com a colcha, com o tapete, com a cadeira, com os pauzinhos do tambor.

O que faço agora?, eu pensava, enquanto falava com o menino.

— Não toque o tambor. É mais divertido fazê-lo rodar.
— Por quê?
— Porque assim não faz barulho.
— Mas eu quero.
— Não toque, estou te avisando.
— Então me devolve o canivete.
— Isso não é brinquedo de criança. Você pode se machucar com ele.
— Então vou tocar o tambor.
— Se tocar esse tambor, mato você.

Ele começou a gritar. Agarrei-o pelo pescoço. Pedi que ficasse quieto. Ele não quis me escutar. Tapei a boca dele com a almofada. Ele se debateu por uns minutos; depois ficou imóvel, com os olhos fechados.

Hesitar é uma de minhas danações. Durante minutos que pareciam uma eternidade, repeti: O que vou fazer?

Agora só espero que se abra a porta da minha cela, onde ainda estou encarcerado. Sempre fui assim: para não provocar um escândalo, fui capaz de cometer um crime.

Carta perdida em uma gaveta

Faz quanto tempo que não penso em outra coisa a não ser em você, imbecil?, você, que se intromete nas linhas do livro que leio, na música que escuto, dentro dos objetos que vejo. Não creio ser possível que o revestimento do meu esqueleto seja igual ao seu. Suspeito que você pertence a outro planeta, que seu Deus é diferente do meu, que o anjo da guarda da sua infância não se parecia com o meu. Como se se tratasse de alguém que eu tivesse entrevisto na rua, acho que não nos conhecemos na infância e que aquela época não passou de um mero sonho. Pensar, de manhã até a noite, e da noite à manhã, nos seus olhos, seus cabelos, na sua boca, na sua voz, nesse jeito que você tem de andar, não me deixa trabalhar em nada. Às vezes, ao ouvir seu nome ser pronunciado, meu coração para de bater. Imagino as frases que você diz, os lugares que frequenta, os livros de que gosta. No meio da noite, acordo em sobressalto, me perguntando: "Onde estará aquela besta?" ou "Com quem estará?". Às vezes, com meus amigos, conduzo a conversa a temas que fatalmente atraem comentários sobre o seu modo de viver, sobre as particularidades de sua personalidade, ou então passo pela porta da sua casa, perdendo um tempo infinito te esperando, para ver a que hora você sai ou que roupa está vestindo. Nenhum amante terá pensado tanto em sua amada como eu em você. Sempre me lembro das suas mãos levemente vermelhas, e da pele dos seus braços, mais escura nas dobras do cotovelo e no pescoço, como areia úmida. "Será sujeira?", penso, esperando conseguir com um defeito novo a destruição do seu ser tão desprezível. Eu poderia desenhar seu rosto de olhos fechados, sem me enganar quanto a nenhuma das suas linhas: me pouparei de fazê-lo, pois temo melhorar suas feições ou divinizar a expressão um pouco bestial das suas bochechas proeminentes. Pode ser mesquinho da minha parte, mas todas as minhas mesquinharias eu devo a você. Depois da nossa infância, que transcorreu em um colégio que foi nossa prisão, onde nos víamos todos os dias e dormíamos no mesmo dormitório, eu poderia enumerar alguns encontros furtivos: um dia, na plataforma de uma estação, outro dia numa praia, outro dia no teatro, outro dia na casa de uns amigos. Não me esquecerei daquele último encontro, tampouco me esqueço dos outros, mas o último me parece mais significativo. Quando notei sua presença naquela casa, perdi a consciência por uma fração de segundo. Seus pés lascivos estavam nus. Pretender descrever a impressão que me causaram as unhas dos seus pés seria como pretender reconstruir o Partenon. Acho, no entanto, que na infância tive o pressentimento de tudo o que eu ia sofrer por sua causa. Ouvi minha mãe dizer seu nome quando entramos, pela primeira vez, para visitar aquele colégio cujo jardim era repleto de jacarandás em flor, e nele havia aquelas duas estátuas, segurando globos de luz em cada um dos lados do portão.

— Alba Cristián é filha de uma amiga minha. Vai ficar como interna aqui também. É da sua idade — disse minha mãe, cruelmente.

Senti um estranho mal-estar: pensei que era por culpa do colégio onde iam me internar. Entretanto, como aqueles anéis antigos que continham veneno sob um camafeu ou sob uma pedra, seu nome, como se também fosse um círculo, inconscientemente me pareceu venenoso. Outro pressentimento me avassalou naquele dia do passeio aos lagos de Palermo, quando descemos para comer a merenda sobre o gramado e Máxima Parisi te mostrou uns cartões-postais que ela não quis mostrar a mim, e quando, no fim da tarde, tomando um sorvete de framboesa, ela se recostou sobre seu ombro, no ônibus que nos levou de volta ao colégio. Naquela intimidade que me excluía, senti a ameaça de outras tristezas. Não pense que me esqueci da senha misteriosa da sua mesa de cabeceira, que arrancava um sorriso de Máxima Parisi, nem daquele maço de cigarros americanos que, sem me convidar, vocês fumaram no alpendre dos arbustos, "corpo no chão", diziam vocês, "como os soldados", naquele esconderijo que detesto até hoje. Não pense que me esqueci daquele livro pornográfico nem do gato que vocês batizavam com um novo nome extravagante a cada dia, pobre coitado! Nem daquela espécie de supositório para perfumar o banheiro com odor de rosas, que vocês dissolviam num copo de água e passavam nos cabelos e nos braços. Não pense que me esqueci de quando Máxima ficou doente, e você se pendurou no meu braço o dia inteiro, me dizendo que era eu a sua amiga predileta e que ia me convidar para ir à sua casa de campo no verão. Não me iludi, porque, além do mais, você não me inspirava simpatia alguma. Busquei sua amizade só para te afastar das outras. No fundo do meu coração se retorcia uma serpente semelhante à que fez com que Adão e Eva fossem expulsos do Paraíso.

Suspeitava que minha vida seria uma sucessão de fracassos e de abominações. Não há criança infeliz que depois seja feliz: quando adulta, poderá ter lá alguma esperança em algum momento, mas é um erro acreditar que o destino possa mudar as coisas. Pode ter vocação para a felicidade ou para a infelicidade, para a virtude ou para a infâmia, para o amor ou para o ódio. O homem carrega sua cruz desde o princípio; há cruzes de madeira rústica, de alumínio, de cobre, de prata ou de ouro, mas todas são cruzes. Você bem sabe qual é a minha, mas talvez não saiba qual é a sua, pois nem todos os seres são lúcidos, nem capazes de ler o destino nos signos que diariamente surgem ao redor de si. É crueldade de minha parte te advertir disso? Dane-se. Por você não sinto a menor pena. Incomoda-me que alguém ainda ache que somos amigas de infância. Não falta quem me pergunte, em um tom ao mesmo tempo meloso e escandalizado:

— Você não tem amigos de infância?

E eu respondo:

— Não nasci grudada aos amigos de infância. Se agora tenho pouco discernimento para escolhê-los, imagine quantos erros não cometi nos meus primeiros anos! As amizades de infância são equivocadas, e não se pode ser fiel a um equívoco indefinidamente.

Aquele dia, na casa dos nossos amigos, ao te ver, uma nuvem trêmula envolveu minha nuca, meu corpo se cobriu de arrepios. Peguei um livro que estava sobre a mesa e comecei a folheá-lo com avidez: só depois percebi que o livro se intitulava *Balancete das vendas de bovinos*. A dona da casa me ofereceu um refrigerante de laranja horrível, "de alfinetes", como chamávamos toda bebida gaseificada. Bebi num gole só para disfarçar o tremor da minha mão; felizmente fazia calor e fui para a sacada, com o pretexto de tomar uma brisa e de olhar a vista que abarcava o rio da Prata ao longe e, em primeiro plano, o Monumento aos Espanhóis, que, visto desse ângulo, parecia mais do que nunca um gigantesco bolo de casamento ou de primeira comunhão. Sorri para a sua cara de besta, você sorriu de volta. Viver assim não era viver. Senti tonturas, náuseas. Daquele sétimo andar, contemplei a rua, pensando em como seria minha queda, caso me atirasse daquela altura. Uma banca de frutas, caixotes de lixo ao pé do prédio (os lixeiros deviam estar em greve) e um parapeito alto me atrapalhavam na hora de imaginar a cena. Para me acalmar, tentei me concentrar nessa ideia cheia de dificuldades. Tinha o poder, que agora não tenho, de me desdobrar: conversei com as pessoas que me rodeavam, ri, olhei para todos os lados com os olhos cravados no fundo daquele precipício com caixotes de lixo, com frutas e com homens passando. Tudo era menos imundo do que a sua cara. "A quantas músicas, a quanta gente, a quantos livros tenho que renunciar para não compartilhar os mesmos gostos com você?", pensei ao olhar para dentro do apartamento através do vidro da janela. "Quero minha solidão, a quero com mil caras impessoais." Olhei para você e através do reflexo do vidro sua cara de piranha tremulou, como se estivesse no fundo da água. Pensei em todos aqueles em que não posso pensar por sua causa e no sortilégio que me envolvia. Você está em mim como essas figuras nos quadros que escondem outras mais importantes. Um especialista pode apagar a figura sobreposta, mas onde está o especialista? Preciso dar uma explicação a respeito de meus atos. Depois de ter te cumprimentado com uma amabilidade inusitada, te convidei a tomar chá. Você aceitou. Eu te disse que minha casa estava sendo pintada. Por sorte você sugeriu que seria melhor irmos à sua casa. No momento em que você estiver preparando o chá e o deixar na mesa, fingirei um desmaio. Você irá pegar o copo d'água que vou te pedir, então jogarei na chaleira o veneno que trago na bolsa. Você irá servir o chá depois de um instante. Eu não tomarei o meu, pensei, como se delirasse enquanto você estava falando comigo.

 Não realizei meu projeto. Era infantil. Achei mais inteligente usar esse procedimento para matar L. Descartei a ideia porque a morte não me pareceu um castigo.

— O que você tem? — me perguntava L.

A conversa recaía em você. Eu dizia sobre você as piores coisas que se pode dizer sobre um ser humano. Falei de sujeira, de mentiras, de deslealdade, de vulgaridade, de pornografia. Inventei coisas atrozes que acabaram sendo maravilhosas. Não suspeitei que, pela primeira vez, L. se interessava por sua personalidade, por sua vida, por sua maneira de sentir e que tudo tinha nascido da minha imaginação.

Durante o tempo que me dediquei a pensar só em você, a falar das suas roupas horríveis, da sua maldade, de como você não tinha nojo de meter dinheiro sujo na boca e coisas que encontrava no chão, construí para vocês, com minha cumplicidade, com minhas suspeitas, com meu ódio, este ninho de amor tão complicado onde vivem afastados de mim por minha culpa. Quero que saiba que você deve a sua felicidade ao ser que mais te despreza e te detesta no mundo. Quando desaparecer esse ser que te enfeita com sua inveja e te embeleza com seu ódio, sua felicidade estará acabada junto com a minha vida e o fim desta carta. Então você se internará em um jardim semelhante ao do colégio que era nossa prisão, um jardim ilusório, cuidado por duas estátuas, que seguram dois globos de luz nas mãos, para iluminar a sua solidão inextinguível.

O carrasco

Como sempre, com a primavera chegou o dia dos festivais. O Imperador, depois de comer e beber, com a cara enfeitada de manchas vermelhas, se dirigiu à praça, hoje chamada das Cáscaras, seguido por seus súditos e por um célebre Técnico, que carregava um cofre de madeira, com incrustações de ouro.

— O que há nesta caixa? — perguntou um dos ministros ao Técnico.

— Os presos políticos; ou melhor, os traidores.

— Não morreram todos? — interrogou o ministro, preocupado.

— Todos, mas isso não impede que estejam de algum modo nesta caixinha — sussurrou o Técnico, mostrando, entre os bigodes muito pretos, grandes dentes brancos.

Na praça das Cáscaras, onde habitualmente eram celebradas as festas pátrias, os lenços das pessoas voavam entre as pombas; estas traziam gravadas nas penas, ou num medalhão que levavam pendurado ao pescoço, o rosto pintado do Imperador. No centro da praça histórica, rodeado de palmeiras, havia um suntuoso pedestal sem estátua. As esposas dos ministros e seus filhos estavam sentados nos palcos oficiais. Dos balcões, as meninas arremessavam flores. Para celebrar ainda mais a festa, para alegrar o povo que por tantos anos vivera oprimido, o Imperador tinha ordenado que, naquele dia, soltassem os gritos de todos os traidores que haviam sido torturados. Depois de saudar os chefes, piscando um olho e mastigando um palito de dente, o Imperador entrou na casa Amarela, que tinha uma janela alta, como as janelas das casas dos elefantes do Jardim Zoológico. A cada hora com um traje diferente, assomou-se a muitas sacadas, antes de se assomar à verdadeira sacada, da qual em geral lançava seus discursos. O Imperador, sob uma aparência severa, era brincalhão. Aquele dia, fez todo mundo rir. Algumas pessoas choraram de tanto rir. O Imperador falou das línguas dos opositores: "Que não fossem cortadas", ele disse, "para que o povo escutasse os gritos dos torturados". As senhoras, que chupavam laranjas, as guardaram em suas bolsas para ouvi-lo melhor; alguns homens urinaram involuntariamente sobre os bancos onde havia pavões, galinhas e marmeladas; algumas crianças, sem que as mães percebessem, treparam nas palmeiras. O Imperador desceu para a praça. Subiu no pedestal. O eminente Técnico pôs os óculos e o seguiu: subiu os seis ou sete degraus que ficavam ao pé do pedestal, sentou-se em uma cadeira e começou a abrir o cofre. Neste instante o silêncio aumentou, como costuma aumentar ao pé de uma cadeia de montanhas ao anoitecer. Todas as pessoas, até os homens muito altos, se puseram na ponta dos pés para escutar o que ninguém tinha escutado: os gritos dos traidores que tinham sido mortos enquanto eram torturados. O Técnico levantou a tampa da caixa e moveu o dial, procurando a melhor sintonização: ouviu-se, como que por encanto, o primeiro grito. A voz modulava suas queixas mais graves alternadamente; em seguida surgiram outras vozes mais turvas, porém infinitamente mais poderosas, algumas de mulheres, outras de crianças. Os aplausos, os insultos e os silvos por momentos abafavam os gritos. Mas através desse mar de vozes inarticuladas surgiu uma voz diferente, e no entanto conhecida. O Imperador, que até esse momento estava sorrindo, estremeceu. O Técnico moveu o dial com resguardo: como um pianista que toca um acorde importante ao piano, ele abaixou a cabeça. A gente toda, simultaneamente, reconheceu o grito do Imperador. Como puderam reconhecê-lo? Subia e baixava, rangia, afundava-se, para voltar a subir. O Imperador, assombrado, escutou seu próprio grito: não era um grito furioso ou emocionado, enternecido ou travesso, que ele costumava dar em seus arroubos; era um grito agudo e áspero, que parecia vir de uma usina, de uma locomotiva ou de um porco sendo estrangulado. De repente algo, um instrumento invisível, o castigou. Depois de cada golpe, seu corpo se contraía, anunciando com outro grito o próximo golpe que ia receber. O Técnico, ensimesmado, não pensou que talvez suspendendo a transmissão poderia salvar o Imperador. E não acho, como acham outras pessoas, que o Técnico fosse um inimigo declarado do Imperador e que tinha tramado tudo isso para acabar com ele.

O Imperador caiu morto, com os braços e as pernas pendendo do pedestal, sem o decoro que teria desejado ter diante de seus homens. Ninguém o perdoou por ter se deixado torturar por carrascos invisíveis. As pessoas religiosas disseram que tais carrascos invisíveis eram um só: o remorso.

— Remorso de quê? — perguntaram os adversários.

— De não ter cortado a língua daqueles réus — responderam as pessoas religiosas, tristemente.

Azeviche

Sou argentino. Me juntei à tripulação de um barco. Em Marselha, consegui que um médico assinasse um documento, certificando que eu estava louco. Não lhe custou nada, porque talvez ele estivesse louco. Desse modo pude abandonar o barco, mas me encerraram em um manicômio e não tenho esperança de que nenhum ser humano possa me tirar daqui.

Esta foi minha história: para escapar da minha terra, me juntei a um barco, e por escapar do barco, me encerraram em um manicômio. Ao fugir da minha terra e ao fugir do barco, pensei que fugia das minhas recordações, mas revivo a cada dia a história do meu amor, que é minha prisão. Dizem que, por odiar as mulheres elegantes, me apaixonei por Aurelia, mas não é verdade. Eu a amei como a nenhuma outra mulher na vida. Aurelia era uma criada; mal sabia escrever, mal sabia ler. Seus olhos eram negros, seus cabelos negros e lisos como as crinas dos cavalos. Quando acabava de limpar as caçarolas ou os pisos, pegava um lápis e um papel e ia a um canto para desenhar cavalos. Era a única coisa que sabia desenhar: cavalos galopando, saltando, sentados, deitados; às vezes eram rosilhos, outras vezes zainos, avermelhados, baios, pretos, azulados, brancos; às vezes ela os pintava com giz (quando encontrava giz), outras com lápis de cor, quando alguém lhe dava lápis de cor; outras vezes com tintura e outras com nanquim. Todos tinham um nome: o preferido era Azeviche, porque era negro e arisco.

Quando, pelas manhãs, ela me trazia o café, eu podia escutar sua risada, como um relincho, momentos antes de ela entrar em meu quarto, dando um forte pontapé contra a porta. Não consegui educá-la, não quis educá-la. Me apaixonei por ela.

Tive que ir embora da casa dos meus pais e fui viver com ela em Chascomús, nos arredores da cidade. Pensava que a selva de pedra de uma cidade grande lavrava nossa infelicidade. Foi com alegria que vendi todas as minhas coisas, meu carro e meus móveis, para alugar aquele pequeníssimo sítio, onde vivi com extrema simplicidade, iludido por aquele amor impossível. Em um leilão, comprei algumas vacas e um punhado de cavalos, que me eram necessários para o trabalho no campo.

Fui feliz no começo. Que importância tinha não ter banheiro, nem luz elétrica, nem geladeira, nem roupa de cama limpa? O amor substitui tudo. Aurelia havia me enfeitiçado. Que importância tinha que as plantas de seus pés fossem ásperas, que suas mãos estivessem sempre vermelhas e que seus trejeitos não fossem refinados: eu era seu escravo!

Ela gostava de comer açúcar. Na palma da minha mão, eu colocava torrões de açúcar, que ela pegava com a boca. Ela gostava que lhe acariciassem a cabeça: durante horas eu a acariciava.

Às vezes eu a procurava o dia inteiro, sem encontrá-la em parte alguma. Como, naquele terreno tão plano e sem árvores, ela conseguia arranjar um esconderijo? Voltava descalça e com os cabelos tão emaranhados que nenhum pente podia desembaraçá-los. Eu a adverti de que ao longo da costa, não muito longe, se estendiam manguezais.

Algumas vezes eu a encontrava conversando com os cavalos. Ela, que era tão silenciosa, falava incessantemente com eles. Os cavalos a rodeavam, a adoravam. Seu preferido se chamava Azeviche.

Algumas pessoas falavam de mim como de um degenerado; outros sentiam pena, mas esses eram poucos. Me vendiam carne ruim e, no armazém, tratavam de me cobrar duas vezes as mesmas contas, achando que eu era um distraído. Viver naquela solidão inimiga me fazia mal.

Me casei com Aurelia para que no açougue me dessem carne de melhor qualidade; foi isso que disseram meus inimigos, mas eu poderia jurar que me casei para viver respeitavelmente. Aurelia se divertia beijando o nariz dos cavalos; trançava os próprios cabelos na crina dos animais. Essas brincadeiras denotavam sua pouca idade e a ternura de seu coração. Ela era minha, como nunca tinha sido aquela mulher elegante e horrorosa, com as unhas pintadas, por quem fui apaixonado anos antes.

Uma tarde, a encontrei com um mendigo, falando sobre cavalos. Não entendi nada do que conversavam. Peguei Aurelia pelo braço e a levei para casa, sem lhe dirigir a palavra. Naquele dia ela cozinhou de má vontade e rachou uma porta a pontapés. Tranquei-a com chave e lhe disse que era o castigo que lhe infligia por falar com estranhos. Parecia não compreender o que eu estava dizendo. Dormiu, até que a perdoei.

Para que não voltasse a se arriscar longe de casa, contei-lhe como morriam as pessoas e os animais que se afogavam, devorados pelos caranguejos. Ela não me escutou. Peguei-a pelo braço e berrei em seu ouvido. Ela se levantou e saiu de casa com a cabeça erguida, caminhando na direção da beira do rio.

— Aonde você vai? — perguntei.

Continuou caminhando sem me olhar. Eu a segurei pelo vestido, ela o esticou até que o rasgou. Tomado pelo desespero, eu a cerquei e a machuquei. Ela se pôs de pé e continuou caminhando. Eu a segui. Quando chegamos perto do rio, supliquei a ela que não fosse adiante, porque logo ali estavam os manguezais, com um cheiro fétido de lama. Ela continuou andando. Tomou um caminho estreito em meio ao mangue. Eu a segui. Nossos pés se afundavam na lama e ouvíamos o grito de uma infinidade de pássaros. Não se via nenhuma árvore e os bambus tapavam o horizonte. Chegamos a um lugar onde o caminho se bifurcava e vimos Azeviche, o cavalo negro, imerso no mangue até a barriga. Aurelia se deteve por um instante, sem se assustar. Rápida, num salto ela entrou no manguezal e começou a afundar. Enquanto ela tentava se aproximar do cavalo, eu tentava me aproximar dela, para salvá-la. Me estendi, me deslizei como um réptil no manguezal. Peguei-a pelo braço e comecei a afundar com ela. Por alguns momentos achei que eu ia morrer. Olhei para ela e vi aquela luz estranha que têm os olhos agonizantes: vi o cavalo refletido neles. Soltei seu braço. Esperei até o amanhecer, deslizando como um verme sobre a superfície asquerosa do mangue, o final, sem fim para mim, de Aurelia e de Azeviche, que se afogaram.

A última tarde

Muitas peles de cordeirinhos pendiam da cerca. Porfirio Lasta ouviu na cantoria da tarde uma espécie de amanhecer. O arvoredo que rodeava o sítio era pequeno, mas os pássaros o multiplicavam. Àquelas horas, Porfirio sempre pensava na mesma coisa: na filha do capataz do Recreo. Era uma senhorita opulenta, de meias de seda e salto alto. Ele pensava também em um piano, que tinha entrevisto detrás de uma porta, num dia de chuva. A música o fascinava, e lembrar-se dos acordes de um piano e daquela mulher era o prêmio que recebia ao cair da noite.

Fazia já vinte anos que ele tinha arrendado aquelas terras, com um só potreiro e um rancho: depois de muitos sacrifícios, conseguiu comprá-las. Quando se instalou, o rancho estava quase em ruínas; tinha-o restaurado aos poucos, de maneira que o teto não tivesse goteiras, nem a porta rangesse demais. Tinha acrescentado mais tábuas ao postigo da janela, aplainara o chão de terra batida e clareara as paredes.

Em volta do rancho havia os restos de uma horta, pouquíssimas galinhas, uma ou outra vaca, três cavalos. Além disso, havia trezentas ovelhas: era disso que ele vivia. Vendia bem a lã, e os gastos eram poucos. Banhava-as no terreno vizinho. Entregava todo o lucro a um de seus irmãos, o que sabia ler, escrever, conduzir o dinheiro e o carro. Guardava só o necessário para seus gastos pessoais.

Porfirio pensou em seu irmão; era distante e silencioso feito uma caixa de ferro; circundava-o uma auréola de instrução. Vivia a duas léguas de distância, em uma casa com vários corredores; tinha mulher e alguns filhos.

Porfirio tinha ido várias vezes reclamar-lhe o dinheiro. Desde a compra do sitiozinho e dos animais, não tinha conseguido fazer com que seu irmão lhe entregasse nenhuma quantia. Este costumava lhe dizer o seguinte:

— Não é bom que você guarde dinheiro em casa. Qualquer noite dessas podem entrar para te matar.

— Não tenho medo — respondia Porfirio, tremendo. — Preciso do dinheiro para comprar umas quantas ovelhas crioulas. E depois, acho que estão me fazendo falta uns hectares a mais.

O irmão distraído não respondia nada.

Daquela vez Porfirio saiu do rancho, abriu lentamente a porteira do alambrado que dava no potreiro, caminhou entre bostas encrespadas e cardos, anteparando a luz do poente com a mão. Era agosto. Fazia um frio cortante: sentia-o de frente como uma coroa de gelo em suas mãos, tal qual uma superfície dura. Apressou o passo. Deteve-se no limite do potreiro, junto à cerca. Flocos de lã floresciam da cerca de espinhos. O rebanho se desenrolava com ruído de tapete. Apenas uma ovelha não se mexia. Estava de barriga para cima, deitada no chão, prestes a parir. Alguns abutres e chimangos aguardavam o nascimento, esperando um cordeirinho vivo ou uma mãe quase morta, com grandes olhos vítreos.

Ao se aproximar, Porfirio afugentou os pássaros. A ovelha

respirava com dificuldade, grunhia e mascava devagar gordos grãos invisíveis de milho duríssimo. Em seguida, feito incisão na tarde vermelha, sobre uma pedra cinza, foram nascendo, um, dois, três cordeirinhos idênticos. A mãe lambeu cuidadosamente os dois primeiros e se esqueceu do último. Porfirio procurou uma bolsa, limpou o terceiro cordeirinho, o envolveu, o levou ao rancho e o colocou debaixo do beiral.

Entrou na casa e foi em direção ao fogão aceso. Pôs carne para assar nas brasas.

Os últimos raios de sol brilhavam na abertura da porta. Porfirio viu cintilar um círculo de luz na parede do quarto. Era a mensagem cotidiana de seu vizinho. Levantou-se do banco, despregou o espelhinho redondo que tinha usado certa vez para se barbear e parou na soleira da porta. Tentou inutilmente responder com o mesmo círculo de luz, com o mesmo reflexo, sobre a casa do vizinho. O sol tinha desaparecido. Canalizando a voz com as mãos postas de cada lado da boca, depois de um instante gritou:

— Boa noite.

O silêncio multiplicou a voz. A noite caiu de repente. Ele entrou no rancho e junto ao fogão comeu um pedaço de carne com pão e vinho tinto. A chama da vela tremulava com o vento, apesar de ele ter fechado a porta. Os rangidos eram seus companheiros.

Sem se despir, deixou-se cair na cama. Tinha dois ponchos bem puídos e uma manta com as bordas vermelhas. O sono, antes de chegar a seus olhos, rondava por todo seu corpo que nem água bem mansa. Não foi domado pelo sono como em outras noites. Soprou a vela e o quarto ficou em trevas. Demorou para dormir. Repassou mentalmente os trabalhos do dia e depois começou a sonhar.

Sonhou que se casava com a filha do capataz do Recreo na igreja de Azul. Depois da cerimônia, chegava ao Recreo com sua noiva em uma carruagem, escoltado por toda a família, que vinha em um vagão, rebocando um piano com rodas. O piano era uma casinha alta e preta, com um tablado coberto no centro. Tinha dois candelabros de ouro de cada lado. Uma família pequeníssima de anões vivia dentro dessa casa. A música surgia aparentemente das mãos da pianista, quando ela tocava as notas, mas o procedimento era mais complicado e misterioso: a música surgia da boca dos anõezinhos.

— Tem que levar com cuidado — dizia o pai da noiva, abraçando o piano —; ele tem notas muito sofridas.

Os cavalos foram freados, com cuidado, diante da porteira, e em seguida o pai, junto com o resto da família da noiva, saiu pelo sítio, agitando ramos para espantar os mosquitos. A filha do capataz, que era rechonchuda, deitou-se na cama de ferro e Porfirio ao lado dela, no chão de terra batida, sobre uns quantos sacos que serviam de colchão. Aquela casa, tão suntuosa por dentro, tinha dormitórios com chão de terra batida. Os recém-casados já deviam estar dormindo quando a porta se abriu de repente. Uma tropa de cavalos passou relinchando.

O cachorro latia ao longe. Um círculo de luz bailou suavemente na parede. Ao ver o sinal do vizinho, Porfirio sorriu. Uma sombra se delineava no batente da porta e ele não viu outro rosto a não ser aquele círculo de luz. Deu alguns passos adiante, para além de seu sonho; ainda penso que ele teve tempo de se assustar, de virar sonâmbulo, ele, que nunca tinha sido, quando sentiu que lhe afundavam um ferro bem vermelho no peito.

A escuridão modificou as cores, os meios-tons, como a revelação caprichosa de uma fotografia.

A mão de Remigio Lasta não soltava a faca. O silêncio, que não havia se manifestado até então, crescia; preenchia-se de filamentos, de silvos, de memórias, da cantoria de grilos infinitesimais.

Nenhuma porta estalava, nenhum móvel: todos os objetos se ausentavam sobre o chão de terra. As paredes, o teto tinham se dissolvido, mas o homem sentiu, na irrealidade do quarto, uma presença viva. Dava as costas à janelinha; as paredes tinham se dissolvido, mas a janelinha, não. Incomodava-o ter costas; eram elas o lugar vulnerável do corpo; a fim de ignorar isso, ele virou bruscamente a cabeça e viu, pela primeira vez, um fantasma. Estudou-o com atenção. Era uma senhorita opulenta, de meias de seda e salto alto. Ouviu uma insuportável musiquinha de piano. Instantes depois, sentiu o contato de uma mão sobre uma das suas, e três dedos seus ficaram dormentes.

Tirou a faca e a limpou com a manta. A lanterna era pequena e iluminava uma circunferência nítida, porém muito exígua. Procurou um fósforo; acendeu a vela. Fez um passeio circular ao redor do quarto. Sentou-se por um minuto em um banco e tirou as luvas: olhou para suas mãos escuras, de veias muito salientes. Levantou-se do banco e voltou a pôr as luvas. Os três dedos continuavam dormentes. Soprou a vela, e depois de iluminar o quarto com a lanterna abriu a porta uma última vez e olhou para o céu. A noite carecia de estrelas; mirou o cavalo, que estava a cinco metros, e disse em voz alta:

— Duas léguas, duas léguas. Terei tempo de percorrê-las antes que amanheça.

Montou o cavalo e ninguém, a não ser eu, pôde ouvir aquele galope, que ia longe na noite. Ninguém, a não ser eu, soube que Remigio Lasta herdaria não apenas o dinheiro, como também o sonho de seu irmão.

O vestido de veludo

Suando, secando a nossa testa com lenços, que umedecíamos na fonte da Recoleta, chegamos a esta casa ajardinada da Calle Ayacucho. Que divertido!

Subimos pelo elevador até o quarto andar. Eu estava mal-humorada, porque não queria sair, pois meu vestido estava sujo e eu pensava em aproveitar a tarde para lavar e passar a colcha da minha caminha. Tocamos a campainha: abriram a porta e entramos, Casilda e eu, na casa, com o embrulho. Casilda é modista. Vivemos em Burzaco e nossas viagens à capital a deixam maluca, sobretudo quando temos que ir ao Barrio Norte, que fica muito na contramão. Assim que entrou, Casilda pediu um copo d'água à empregada, para poder tomar a aspirina que levava no moedeiro. A aspirina caiu no chão com copo e moedeiro, tudo junto. Que divertido!

Subimos uma escadaria atapetada (cheirava a naftalina), precedidas pela empregada, que nos fez passar ao quarto da madame Cornelia Catalpina, cujo nome foi um martírio para minha memória. O quarto era todo vermelho, com um cortinado branco e espelhos com molduras douradas. Esperamos um século até que a madame viesse do quarto contíguo, onde a ouvíamos fazer gargarejos e discutir com vozes diferentes. Primeiro entrou seu perfume, e, depois de uns instantes, ela, com outro perfume. Cumprimentou-nos queixando-se:

— Que sorte têm vocês, de viver nos arredores de Buenos Aires! Pelo menos lá não tem fuligem. Até pode ter cachorros bravos e queima de lixo... Mas olhem a colcha da minha cama. Devem achar que ela é cinza. Não. É branca. Um floco de neve — pegou-me pelo queixo e acrescentou: — Vocês não devem se preocupar com essas coisas. Que bom ser jovem! Você tem oito anos, não é? — e dirigindo-se a Casilda, também disse: — Por que não coloca uma pedra sobre a cabeça dela, para que não cresça? Nossa juventude depende da idade de nossos filhos.

Todo mundo achava que minha amiga Casilda era minha mãe. Que divertido!

— Madame, quer experimentar? — disse Casilda, abrindo o embrulho, que estava preso com alfinetes. E me ordenou: — Me passe os alfinetes que estão na minha bolsa.

— Experimentar! Que tortura! Se alguém experimentasse os vestidos por mim, que feliz eu seria! Isso me cansa tanto.

A madame tirou a roupa e Casilda começou a lhe pôr o vestido de veludo.

— A viagem é para quando, madame? — disse-lhe, para distraí-la.

A madame não conseguia responder. O vestido não passava por seus ombros: algo o estava fazendo parar no pescoço. Que divertido!

— O veludo gruda muito, madame, e hoje está fazendo calor. Vamos colocar um pouquinho de talco na senhora.

— Tire isso de mim, está me sufocando — exclamou a madame.

Casilda lhe arrancou o vestido e a madame se sentou na poltrona, quase desvanecendo.

— A viagem é para quando, madame? — Casilda voltou a perguntar, para distraí-la.

— Vou a qualquer momento. Hoje em dia, com os aviões, a gente viaja quando quer. O vestido terá que estar pronto. E pensar que lá neva. Tudo é branco, limpo e brilhante.

— A senhora vai a Paris, não?

— Vou também à Itália.

— Vamos voltar a experimentar o vestido, madame? Depois disso, terminamos.

A madame assentiu soltando um suspiro.

— Levante os dois braços para passar primeiro as duas mangas — disse Casilda, pegando o vestido e colocando-o na madame outra vez.

Casilda ficou alguns segundos tentando inutilmente fazer descer a saia, para que deslizasse para as ancas da madame. Eu a ajudava o melhor que podia. Finalmente conseguiu pôr-lhe o vestido. Extenuada, a madame descansou na poltrona por um tempinho; em seguida ficou de pé, para se olhar no espelho. O vestido era lindo e complicado! Um dragão de lantejoulas pretas bordado brilhava do lado esquerdo da bata. Casilda se ajoelhou, olhando-a no espelho, e fez ajustes na roda da saia. Depois se levantou e começou a colocar alfinetes nas pregas da bata, no colo, nas mangas. Eu tocava o veludo: era áspero quando se passava a mão para um lado, e suave, quando se passava para o lado oposto. O contato da pelúcia fazia meus dentes rangerem. Eu recolhia religiosamente os alfinetes que caíam no piso de madeira, um por um. Que divertido!

— Que vestido! Acho que não há outro modelo tão lindo em toda Buenos Aires — disse Casilda, soltando um alfinete que ela tinha entre os dentes. — Não lhe agrada, madame?

— Muitíssimo. O veludo é o tecido de que mais gosto. Os tecidos são como as flores: temos nossas preferências. Comparo o veludo aos nardos.

— A senhora gosta de nardos? São tão tristes — protestou Casilda.

— Nardos são a minha flor preferida, mas me fazem mal. Quando aspiro seu cheiro, me sinto descomposta. O veludo me faz trincar os dentes, me causa arrepio, do mesmo jeito que, na infância, me arrepiavam as luvas tricotadas e, no entanto, para mim não há no mundo outro tecido que se compare. Gosto de sentir sua suavidade em minhas mãos, embora algumas vezes me cause repugnância. Que mulher está mais bem-vestida do que aquela que se veste de veludo preto? Não faz falta nem uma gola de renda, nem um colar de pérolas; qualquer coisa seria um exagero. O veludo se basta a si mesmo. É suntuoso e sombrio.

Quando acabou de falar, a madame respirava com dificuldade. O dragão também. Casilda pegou um jornal que estava sobre uma mesa e a abanou, mas a madame a deteve, pedindo que não fizesse vento, porque o vento lhe fazia mal. Que divertido!

Na rua, ouvi os gritos dos vendedores ambulantes. O que vendiam? Frutas, talvez sorvetes? O apito do amolador e o sininho do vendedor de biju também percorriam a rua. Não corri para a janela, para espiar, como das outras vezes. Não me cansava de contemplar as provas daquele vestido com um dragão de lantejoulas. A madame voltou a se pôr de pé e parou de novo diante do espelho, cambaleando. O dragão de lantejoulas também cambaleou. O vestido já não tinha quase nenhum defeito, apenas um imperceptível franzido debaixo dos dois braços. Casilda voltou a pegar os alfinetes para perigosamente colocá-los naquelas pregas de tecido sobrenatural, que estavam sobrando.

— Quando você for adulta — me disse a madame —, vai gostar de usar um vestido de veludo, não é mesmo?

— Sim — respondi, e senti que o veludo daquele vestido estrangulava meu pescoço com mãos enluvadas. Que divertido!

— Agora vou tirar o vestido — disse a madame.

Casilda a ajudou a tirá-lo, tomando-o com as mãos pelo rodado da saia. Forcejou inutilmente por alguns segundos, até que voltou a acomodá-lo.

— Vou ter que dormir com ele — disse a madame diante do espelho, olhando seu rosto pálido e o dragão que tremia sobre as batidas de seu coração. — O veludo é maravilhoso, só que pesa — ela levou a mão à testa. — É uma prisão. Como sair? Deveriam fazer vestidos de tecidos imateriais, como o ar, a luz ou a água.

— Vou ter que dormir com ele — disse a madame diante do espelho, olhando seu rosto pálido e o dragão que tremia sobre as batidas de seu coração. — O veludo é maravilhoso, só que pesa — ela levou a mão à testa. — É uma prisão. Como sair? Deveriam fazer vestidos de tecidos imateriais, como o ar, a luz ou a água.

— Eu lhe aconselhei a seda natural — censurou Casilda.

A madame caiu no chão e o dragão se retorceu. Casilda se inclinou sobre seu corpo, até que o dragão ficou imóvel. Acariciei de novo o veludo, que parecia um animal. A modista disse com melancolia:

— Morreu. Foi tão difícil fazer este vestido! Foi tão, tão difícil!

Que divertido!

Os sonhos de Leopoldina

Desde o nascimento de Leopoldina na família Yapurra, as mulheres ganhavam nomes que começam com L, e eu, por ser tão pequeno, era chamado de Garotinho.

Ludovica e Leonor, que eram as mais novas, buscavam por um milagre junto ao riacho, todas as tardes, ao cair do sol. Íamos à encosta chamada Agua de la Salvia. Deixávamos os garrafões perto da água e nos sentávamos em uma pedra, esperando com olhos muito abertos a chegada da noite. Todas as conversas levavam ao mesmo tema.

— Juan Mamanís vai estar em Catamarca — dizia Ludovica.

— Ai! Que bicicleta mais lindinha ele carregava! Todos os anos ele visita a Nossa Senhora do Vale.

— Você faria uma promessa assim, de ir a pé, como Javiera?

— Meus pés são muito delicados para isso.

— Se tivéssemos uma santa como essa!

— Juan Mamanís não iria a Catamarca.

— Não dou a mínima. O que me aflige é a santa.

Eu nunca parava quieto; elas conheciam meu costume.

"Garotinho, largue isso", me dizia Ludovica, "as aranhas são venenosas", ou "Garotinho, não faça isso. Não se faz xixi na água".

Alguém havia lhes dito, talvez a curandeira, que a essa hora brilhava uma luz em uma fenda entre as pedras e que uma sombra aparecia na beirinha do riacho.

— Um dia a encontraremos — dizia Leonor. — Há de se parecer com a Nossa Senhora do Vale.

— Pode ser que seja um espírito — respondia Ludovica. — Eu não me iludo — e ao colocar os pés no riacho ela espirrava água em meus olhos e em minhas orelhas. Eu tremia. — O que você vai fazer, Garotinho, quando a neve começar a cair, quando todas as árvores e o chão estiverem brancos? Não vai sair de perto da lareira, hein? Se até a água morna faz você tiritar como uma estrela.

— Se descobrirmos uma nova santa, sairemos nos jornais. Vão dizer assim: "Duas meninas em Chaquibil viram a aparição de uma nova Nossa Senhora. As altas autoridades irão presenciar o ato". Uma gruta iluminada será feita para a estátua, e depois será construída a basílica. Posso imaginar direitinho a Nossa Senhora de Chaquibil: morena, com um vestido escarlate, espelhinhos e um manto azul, com a bainha dourada.

— Eu já me contentaria se ela tivesse uma saia como a nossa e um lenço na cabeça, contanto que ela nos desse presentes.

— As santas não dão coisas de presente nem se vestem como a gente.

— Você sempre quer ter razão.

— Quando tenho razão, tenho razão.

— Para concordar com você, a gente não pode nem ter opinião própria — comentava Leonor enquanto afagava minha cabeça.

A noite caiu bruscamente, com cheiro de menta e de chuva. Ludovica e Leonor encheram os garrafões, beberam água e voltaram para casa. No caminho, pararam para conversar com um velho que carregava uma bolsa. Falaram do milagre esperado. Disseram que de noite ouviam o chamado daquela aparição. O velhinho respondeu:

— Deve ser a raposa cantando. Para que procurar milagres fora de casa, quando vocês têm Leopoldina, que faz milagres com os sonhos?

Ludovica e Leonor ficaram pensando se aquilo era verdade.

Na cozinha, em uma cadeirinha de vime com um respaldo altíssimo, Leopoldina estava sentada, fumando. Era tão velha que parecia uma garatuja; não dava para ver nem seus olhos nem a boca. Cheirava a terra, a erva, a folha seca; não a gente. Feito um barômetro, anunciava as tempestades ou o bom tempo; mesmo antes de mim, ela sentia o cheiro da onça-parda que descia a montanha para comer os cabritinhos ou torcer o pescoço dos potrinhos. Embora não saísse de casa havia trinta anos, sabia, como os pássaros sabem, em qual vale, junto a qual riacho, estavam as nozes, os figos, os pêssegos maduros; até mesmo o passarinho saci, com seu canto desolado, que é arisco como a raposa, desceu certo dia para comer em sua mão migalhas de biscoito banhadas em leite, certamente achando que ela era um arbusto.

Leopoldina sonhava, sentada na cadeirinha de vime. Às vezes, ao acordar, sobre sua saia ou ao pé da cadeirinha, ela encontrava os objetos que apareciam em seus sonhos; mas os sonhos eram tão modestos, tão pobres — sonhos de espinhos, sonhos de pedras, sonhos de gravetos, sonhos de pluminhas —, que ninguém se espantava com o milagre.

— O que sonhou, Leopoldina? — perguntou Leonor naquela noite, ao entrar em casa.

— Sonhei que caminhava por um riacho seco, juntando pedrinhas redondas. Aqui está uma — disse Leopoldina, com voz de flauta.

— E como conseguiu a pedrinha?
— Olhando para ela, só isso — respondeu.
Junto à encosta, Leonor e Ludovica não esperaram, como nas outras tardes, a chegada da noite, na esperança de assistir a um milagre. Voltaram para casa com o passo apressado.
— Com o que sonhou, Leopoldina? — perguntou Ludovica.
— Com as plumas de uma pomba-torcaz que caíam no chão. Aqui está uma — acrescentou Leopoldina, mostrando-lhe uma pluminha.
— Diga, Leopoldina, por que não sonha com outras coisas? — disse Ludovica com impaciência.
— Minha filha, com o que quer que eu sonhe?
— Com pedras preciosas, com anéis, com colares, com escravas. Com algo que sirva para alguma coisa. Com automóveis.
— Não sei, filhinha.
— Não sabe o quê?
— O que são essas coisas. Tenho quase cento e vinte anos e sempre fui muito pobre.
— É hora de ficarmos ricas. A senhora pode trazer a riqueza para esta casa.
Nos dias seguintes, Leonor e Ludovica passaram a se sentar perto de Leopoldina, para vê-la dormir. Despertavam-na a cada minuto.
— Sonhou com o quê? — perguntavam a ela. — Sonhou com o quê?
Ela costumava responder que tinha sonhado com pluminhas, outro dia com pedrinhas, e outros, com ervas, gravetos ou rãs. Ludovica e Leonor às vezes protestavam acidamente, às vezes com ternura, para comovê-la, mas Leopoldina não era dona de seus sonhos: tanto a perturbaram que já não conseguia nem dormir. Resolveram lhe dar um guisado indigesto.
— O estômago pesado dá soninho — disse Ludovica, preparando uma fritura escura com um cheiro delicioso.

Leopoldina comeu, mas não sonhou.

— Vamos dar vinho a ela — disse Ludovica. — Vinho quente.

Leopoldina bebeu, mas não dormiu.

Leonor, que era precavida, foi em busca da curandeira, para pedir algumas ervas soníferas. A curandeira vivia em um lugar afastado. Tivemos que atravessar o charco e uma das mulas se afundou em um pântano. As ervas que Leonor conseguiu tampouco deram resultado. Ludovica e Leonor debateram, por alguns dias, sobre onde seria conveniente procurar um médico; se em Tafí del Valle ou em Amaicha.

— Se vamos a Amaicha, vamos trazer uvas — disse Leonor a Leopoldina, para consolá-la. Em seguida riu: — Não é época de uva.

— E se formos a Tafí del Valle, traremos um queijinho da queijaria do Churquí — disse Ludovica.

— Vão levar o Garotinho, para que ele dê um passeio? — disse Leopoldina, como se não gostasse nem de queijo nem de uva.

Fomos a Tafí del Valle. Cruzamos bem devagar, a cavalo, o charco onde a mula tinha morrido. Já na vila, fomos ao hospital e Leonor perguntou pelo médico. Nós a esperamos no pátio. Enquanto Leonor falava com o médico, tivemos tempo de sair para um passeio pela cidadezinha; quando voltamos, Leonor nos recebeu na porta do hospital com um pacote na mão. O pacote continha um medicamento, uma seringa e uma agulha para injeções. Leonor sabia dar injeções: uma enfermeira que ela tinha conhecido lhe ensinou a arte de cravar a agulha numa laranja ou numa maçã. Dormimos em Tafí del Valle e, de manhã, bem cedinho, começamos o regresso.

Ao nos ver chegar, como se tivesse sido ela a ter feito a viagem, Leopoldina disse que estava cansada, e dormiu pela primeira vez depois de vinte dias de insônia.

— Que bandida — disse Ludovica. — Ela dorme para nos mostrar desdém.

Quando viram que ela despertava, perguntaram:

— Sonhou com o quê? Tem que nos contar com o que sonhou.

Leopoldina balbuciou algumas palavrinhas. Ludovica a sacudiu pelo braço.

— Se não nos disser com o que sonhou, Leonor vai lhe aplicar uma injeção — acrescentou, exibindo a agulha e a seringa.

— Sonhei que um cachorro escrevia minha história: aqui está — disse Leopoldina, mostrando umas folhas de papel amassadas e sujas. — Vocês poderiam lê-la, filhinhas, para que eu a escute?

— Será possível que não pode sonhar com coisas mais importantes? — disse Leonor indignada, atirando ao chão as folhas. Em seguida trouxe um livro enorme com gravuras em cor e cheirando a xixi de gato, que a professora tinha lhe emprestado. Depois de folheá-lo atentamente, deteve-se em algumas gravuras, que mostrou a Leopoldina, friccionando-as com o dedo indicador. — Automóveis — virava as páginas —, colares — virava as páginas —, pulseiras — soprava as páginas —, joias — umedecia o polegar com saliva —, relógios — girava as folhas entre seus dedos. — Tem que sonhar com essas coisas, e não com porcarias sem importância.

Foi neste momento, Leopoldina, que falei com você, mas você não me ouviu, porque tinha dormido de novo e alguma coisa deslizou do seu sonho anterior para seu sonho presente.

— Você se lembra dos meus antepassados? Se você invocá-los como eu sou, barrigudos, rudes, fervorosos e temerosos, vai se lembrar dos objetos mais suntuosos que já conheceu: aquele medalhão banhado a ouro, com uma mecha de cabelo dentro, que te deram de presente de casamento; as pedras do colar da sua mãe, que sua nora roubou; aquele cofre cheio de medalhinhas com água-marinha; a máquina de costura; o relógio; a carruagem com cavalos mansos de tão velhos que eram. É inacreditável, mas tudo isso existiu. Você se lembra daquela loja deslumbrante em Tafí del Valle, onde você comprou um broche com a cabeça de um cachorro parecido comigo gravada na pedra? Só mesmo eu posso me lembrar disso, eu, que para te curar da asma fui o abrigo do seu peito.

— Se você não dormir, vamos aplicar a injeção na senhora — ameaçou Ludovica.

Leopoldina, aterrorizada, voltou a dormir. A cadeira de vime, que balançava, soltava um ruidinho estranho.

— Será que têm ladrões por aqui? — perguntou Leonor.

— Não tem lua.

— Devem ser os espíritos — respondeu Ludovica.

Sabe por que eu chorava? Porque eu sentia se aproximar o vento Zonda.*

Nem Leonor nem Ludovica o escutavam, porque suas vozes retumbavam, desesperadas ou quem sabe esperançadas, perguntando:

— Sonhou com o quê? Sonhou com o quê?

Desta vez Leopoldina saiu da casa, sem responder, e me disse:

— Vamos, Garotinho, é chegada a hora.

Imediatamente o vento Zonda começou a soprar. Para os

---

* O Zonda é o vento vindo da cordilheira dos Andes e caracterizado por sua alta temperatura, secura e intensidade. Provoca grandes danos por onde passa, pois levanta tal quantidade de areia que chega a encobrir a vista quase por completo. Segundo uma lenda nascida no norte da Argentina, o vento Zonda é um castigo enviado pela Pacha Mama, a mais alta divindade dos povos indígenas da região e que representa a mãe Terra, a natureza. (N. T.)

cristãos, o Zonda sempre tinha sido anunciado antes que aos outros, com um céu muito limpo, com um sol desbotado e bem desenhadinho, com um ameaçador barulho de mar (não conheço o mar) ao longe. Mas desta vez ele chegou como um relâmpago, varreu o chão do pátio, amontoou folhas e galhos nas frestas das montanhas, degolou os animais entre as pedras, destruiu as terras lavradas e um redemoinho levantou no ar Leopoldina e a mim, seu cachorro pila chamado Garotinho, que escreveu esta história durante o penúltimo sonho de sua dona.

As ondas

Você vai acreditar apenas em calúnias? Até quando? Que feliz era o tempo em que bastava que duas pessoas se amassem ou sentissem simpatia uma pela outra para que lhes fosse permitido conviver, ou simplesmente se frequentar. A lua era um misterioso satélite longínquo, como era a América antes de Cristóvão Colombo. Amaldiçoo a senhorita Lina Zfanseld, que nos meses de inverno de 1975 emprestou seu casaco à sra. Rosa Tilda. Ontem, por acaso, li a biografia dela no pequeno *Dicionário médico* que me acompanha. Por culpa do maldito casaco, da vitalidade de Lina Zfanseld, nós temos que sofrer esta separação, este mal-entendido. Se aquela apática da sra. Rosa Tilda não tivesse sido tão apática, se aquela senhorita, Lina Zfanseld, não fosse tão cheia de vida, se o antiquado casaco de pele de camelo não tivesse transmitido tão perfeitamente as ondas de um organismo ao outro, se não tivesse existido aquele horrível microscópio eletrônico que revela a disposição de nossas moléculas, coisa que entretém os médicos modernos assim como antigamente as crianças se entretinham com os caleidoscópios, não estaríamos nesta situação. Veja só de que complicadas confabulações, de que ínfimos detalhes dependem as descobertas; de quais casualidades dependem as desgraças, os costumes que vão sendo adotados pelos seres humanos. Na verdade, somos como um rebanho que obedece às mais sutis ou grosseiras combinações para o bem da sociedade. Cegamente, para não merecer castigos, obedecemos aos deveres cívicos, e quando meditamos sobre eles e nos esquivamos, caímos em grandes desventuras. Acho engraçado pensar, às vezes, que se a sra. Rosa Tilda não tivesse se submetido a um tratamento médico, por causa das depressões que a impediam de comparecer ao trabalho todos os dias, o caso do casaco que transformou seu organismo não teria chamado a atenção de ninguém, nem o tecido de pele de camelo, que já não se usa, teria subido de preço. Mas um médico, que tinha alma de investigador, segundo dizem, estudou o caso e alcançou — indevidamente, na minha opinião — fama e riqueza.

Eu desejaria ter nascido em outra época, desde que você sempre estivesse nela. Até o ano de 1975, o mundo era tolerável. Somos vítimas do que alguns homens chamam progresso. As guerras agora são feitas com chuvas ou secas, com movimentos sísmicos, com pragas inesperadas, com mudanças exorbitantes de temperatura: na maior parte do tempo não se derrama uma gota de sangue, mas isso não significa que soframos menos que nossos antecessores. Quantos jovens sonham com morrer em um campo de batalha, depois de trocar balas com o inimigo! É natural que queiram ter uma satisfação pessoal.

Posso me comunicar com você por meio deste diminuto metal (que lembra os antigos televisores); vejo seu rosto refletido e ouço sua voz, e você recebe minhas mensagens diárias e também vê o reflexo do meu rosto. Os selvagens de 1930 (e ainda existem selvagens desse tipo) acreditavam que vivemos em um mundo mágico, mas se eu pudesse falar com eles, lhes diria:

"Não se enganem, sou mais infeliz que vocês, que não tinham televisão". A exemplo de alguns roedores que deixam dentro da terra alimento para seus filhos, eu deixarei mensagens para nossos descendentes. O fato de você estar na lua, trabalhando nas minas, com todas as comodidades e lisonjas de sua posição, e que eu esteja na Terra, espiando seus mais mínimos movimentos, oculta, para que as autoridades não me descubram e não me deem drogas para te esquecer, parecerá uma desgraça suficiente para os homens do futuro que decifrem nossas mensagens.

Considero monstruoso que os povos tenham se dividido e se fundam de acordo com a disposição das moléculas dos indivíduos e suas projeções de ondas. Talvez minhas ideias sejam antiquadas. Quando rememoro meus sete anos, estremeço. As interdições começaram com o massacre das crianças da escola de Massachusetts, com o incêndio do circo Nipônico, em Tóquio, e com os assaltos à mão armada nos jardins públicos da Inglaterra e da Alemanha. Os crimes nunca eram cometidos por um indivíduo só, e sim por uma combinação de moléculas e disparates desse tipo, que eu mal compreendia. Os retratos em cor de Lina Zfanseld e de Rosa Tilda apareceram nos jornais, foram colados nas paredes das casas, como se elas fossem as salvadoras da humanidade. Medidas severas foram adotadas: começou com as questões das viagens: as pessoas do grupo A não podiam viajar com as do grupo B, nem as do grupo B com as do grupo C, e assim sucessivamente. (Na caderneta de controle, como eu achava repugnante a foto das moléculas emolduradas perto do meu rosto!) As famílias foram divididas. Muitos lares foram desfeitos. É ou não é verdade? Chegaram a formar cidades com gente que não tinha nada a ver entre si. Houve vários suicídios: a maior parte era de apaixonados ou de alunos e professores que não queriam se separar. Foi o que aconteceu no caso de umas crianças de onze anos, que eu conhecia, e de dois estudantes de engenharia, afinal, de modo algum se deve pensar que apenas o amor de namorados ou de amantes pode ser apaixonado. Nunca concordamos um com o outro sobre esse ponto.

Quando quisemos falsificar nossos documentos, nos sentíamos felizes; por que não o seríamos agora, se não fosse por esta separação? Para alcançar a felicidade, nada nos parecia impossível. Você imagina que tudo terminou entre nós, mas está enganado. Você ganhou seu dinheiro por trabalhar além da conta? Eu já sei disso, não precisa me jogar na cara.

Você se lembra daquela linda manhã de verão, quando subíamos a escadaria da praça La Verdad? Levávamos os documentos nas mãos. No certificado que nos deram no Ministério da Saúde, suas ondas magnéticas coincidiam com as minhas. Depois de ter visitado os hospitais que nos correspondiam, para fazer exames, paramos ao pé do monumento onde a figura de La Verdad, com os olhos enormes, resplandecia como se fosse de açúcar. Sentamo-nos no pedestal de mármore, tomamos um sorvete de framboesa e depois nos beijamos. Durante uns dias, pensando que não fazíamos mal um ao outro, planejamos o futuro. Aquele certificado nos impressionava tanto que, em cinco dias, não nos desentendemos nem uma única vez. Minha mão sobre a sua pele não causava a inquietação habitual, minha voz não repercutia em seu sono, inspirando em você aquela estranha angústia. Seus olhos, quando me olhavam fixamente, não me faziam hesitar ou mudar de rumo, como se eu fosse um autômato. Seu abraço não obliterava meu ser como de costume. Assistíamos a uma espécie de milagre. Como se não tivéssemos querido enganar o Estado, andávamos sob suas normas, sob suas leis. Que importava que o documento tivesse sido fraudado, que nossas ondas não coincidissem! Transformávamo-nos de acordo com os documentos selados que desdenhávamos. Tínhamos nascido um para o outro, nos amávamos legalmente e ninguém podia nos separar. Mas alguém sempre diz a verdade, e se a verdade salva alguns indivíduos, a outros arrasa. Quem nos delatou foi um inimigo meu. Deixaram-nos incomunicáveis e te exilaram. Antes da sua partida, te disseram que eu havia confessado a verdade, porque tinha me arrependido: que eu tivera que reconhecer meu erro e minha desgraça. Você acreditou. Que eu tenha me retirado do mundo para viver nesta gruta, não te comove; que eu fuja dos homens para poder me comunicar com você, não te parece uma prova de amor. Nossos mal-entendidos persistem. Acho que nosso carinho nasceu de um mal-entendido e acho que não se enfraqueceu por causa disso.

"Amemos os organismos que nos beneficiam. Descartemos os que nos prejudicam", dizia uma inscrição sobre a porta dos hospitais. "Controle seus trens magnéticos." Não quero ouvir falar de ondas nem de organismos!

Lembro-me com horror daquelas lendas de crimes passionais que os médicos me contavam para me fazer voltar à razão.

Conheci um sábio (não sei se é um charlatão) que pretende, por meio de uma operação, me reintegrar ao seu grupo. Minhas mensagens vão se interromper por alguns dias e talvez, durante minha ausência, meu cachorro se aproxime do disco de metal. Diga a ele "já pra casinha" ou "vá tomar água" ou "coitadinho", para consolá-lo. Não penso em nada mais além de nessa operação. Sonho noite e dia com ela. Não investiguei que grau de sofrimento terei que suportar, que anestesia me darão nem em que lugar do meu corpo será realizada. Estou entregue à esperança de pertencer a seu grupo de ondas e assim poder conviver com você de um modo normal. Naturalmente vou correr o risco de mudar de personalidade, e resta saber se essa nova personalidade irá te agradar. Posso me transformar em um rato ou em um paralelepípedo. Não devo pensar em todos os perigos; ficaria louca. Se essa tentativa fracassar, vou pagar com minha vida, e realmente será a única solução que poria fim ao sofrimento de me ver sem esperanças.

Depois da operação, penso em me alistar em uma viagem interplanetária para discretamente me aproximar do seu mundo. Aprenderei a caminhar no ar, para que me confundam com um anjo ou com uma divindade mitológica grega, daquelas com as quais você me comparava quando acreditava na minha honestidade, na minha beleza, no meu amor.

O casamento

O fato de uma moça da idade de Roberta ter prestado atenção em mim, sair para passear comigo e me fazer confidências era uma alegria que nenhuma das minhas amigas tinha. Ela me dominava e eu a adorava, não porque ela me comprasse bombons ou bolinhas de gude ou lápis de cor, e sim porque ela às vezes falava comigo como se eu fosse grande e outras vezes como se ela e eu fôssemos meninas de sete anos.

É um mistério o domínio que Roberta exercia sobre mim: ela dizia que eu adivinhava seus pensamentos, seus desejos. Ela sentia sede: eu lhe dava um copo d'água, sem que ela me pedisse. Ficava com calor: eu a abanava ou lhe trazia um lenço umedecido com água-de-colônia. Tinha dor de cabeça: eu lhe oferecia uma aspirina ou uma xícara de café. Queria uma flor: eu lhe dava uma. Se tivesse me ordenado "Gabriela, jogue-se pela janela" ou "enfie sua mão nas brasas" ou "corra na linha do trem para que o trem passe por cima de você", eu teria feito tudo isso na mesma hora.

Vivíamos, todos nós, nos arredores da cidade de Córdoba.

Arminda López era minha vizinha de muro e Roberta Carma morava na casa da frente. Arminda López e Roberta Carma se amavam como as primas que eram, mas era comum que se tratassem com acidez: tudo por causa de conversas sobre vestidos ou sobre roupa íntima, sobre penteados ou seus namorados. Nunca pensavam em seus trabalhos. A meia quadra de nossas casas ficava o salão de beleza As Belas Ondas. Roberta me levava lá uma vez por mês. Enquanto seus cabelos eram tingidos com água oxigenada e amoníaco, eu brincava com as luvas do cabeleireiro, com o spray para cabelos, com os pentes, com os grampos, com o secador, que parecia o elmo de um guerreiro, e com uma peruca velha, que o cabeleireiro me cedia muito amavelmente. Eu gostava daquela peruca mais do que tudo no mundo, mais do que dos passeios a Ongamira ou ao Pão de Açúcar, mais que dos alfajores com recheio de geleia ou daquele cavalo azulão que eu montava no terreno baldio para dar uma volta no quarteirão, sem rédeas e sem sela, e que roubava horas dos meus estudos.

Mas o compromisso de Arminda López tomou minha atenção mais do que o salão de beleza e os passeios. Naqueles dias, tirei notas ruins, as piores da minha vida.

Roberta me levava para passear de bonde até a confeitaria Oriental. Lá tomávamos chocolate quente com baunilha e um rapaz ou outro se aproximava para conversar com ela. Na volta, no bonde, ela me dizia que Arminda tinha mais sorte que ela, porque aos vinte anos as mulheres tinham que se apaixonar por alguém ou se jogar no rio.

— Que rio? — eu perguntava, perturbada por aquelas confidências.

— Você não entende. Paciência. Você ainda é muito pequena.

— Quando eu me casar, vou querer que façam um lindo coque em mim — dissera Arminda —; meu penteado vai ser um estouro.

Roberta ria e criticava:

— Que antiquada. Não se usam mais coques.

— Está muito enganada. Voltou à moda — respondia Arminda. — Vai ver se vai ser ou não um estouro.

Os preparativos para o casamento foram longos e minuciosos. O vestido de noiva era suntuoso. Uma renda feita pela avó materna ornamentava o traje, e um adorno de frivolité, feito pela avó paterna (para que não se ressentisse), enfeitava o penteado. A modista fez Arminda experimentar o vestido cinco vezes. Ajoelhada e com a boca cheia de alfinetes, a modista acertava a roda da saia ou acrescentava pences à barra do vestido. De braços dados com seu pai, por cinco vezes Arminda cruzou o quintal da casa, entrou em seu quarto e parou diante de um espelho para ver o efeito que faziam as pregas da saia com o movimento de seus passos. O penteado era, talvez, o que mais a preocupava. Tinha sonhado com ele a vida inteira. Mandou fazer um coque bem grande, aproveitando uma trança que tinham lhe cortado aos quinze anos. Uma rede de cabelo dourada e muito fininha, com pequenas pérolas, que o cabeleireiro tinha mostrado no salão, sustentava o coque. O penteado, na opinião de seu pai, parecia uma peruca.

Na véspera do casamento, dia 2 de janeiro, o termômetro marcava quarenta graus. Fazia tanto calor que não era preciso molharmos o cabelo para penteá-lo nem lavarmos o rosto para tirar a sujeira. Exaustas, Roberta e eu estávamos no quintal. A noite caía. O céu, de um cinza chumbo, nos assustou. A tempestade se resolveu apenas com relâmpagos e avalanches de insetos. Uma aranha enorme parou na escada do quintal: achei que olhava para nós. Peguei o cabo de uma vassoura para matá-la, mas, não sei por quê, me detive. Roberta exclamou:

— É esperança. Uma senhora francesa uma vez me contou que *aranha que aparece de noite significa esperança*.

— Então, se significa esperança, vamos guardá-la em uma caixinha — eu disse.

Sonâmbula de tão cansada e porque é muito boa, Roberta foi buscar uma caixinha no quarto.

— Tenha cuidado. São venenosas — ela me disse.

— E se me picar?

— As aranhas são como as pessoas: picam para se defender. Se você não fizer mal a elas, não farão mal a você.

Pus a caixinha aberta na frente da aranha, que num salto foi para dentro dela. Depois fechei a tampa e a perfurei com um alfinete.

— O que você vai fazer com ela? — interrogou Roberta.

— Guardá-la.

— Não vá perdê-la — me respondeu.

Desde esse instante, passei a andar com a caixa no bolso. Na manhã seguinte fomos ao salão de beleza. Era domingo. Na rua, eram vendidos baixeiros de montaria e flores; aquelas cores alegres pareciam festejar a proximidade do casamento. Tivemos que esperar o cabeleireiro, que tinha ido à missa enquanto Roberta ficava com a cabeça embaixo do secador.

— Você está parecendo um guerreiro — berrei para ela.

Ela não me escutou e continuou lendo seu missal. Então tive a ideia de brincar com o coque da Arminda, que estava ao meu alcance. Retirei os grampos que seguravam o coque compacto dentro da linda redinha. Tive a impressão de que a Roberta estava me olhando, mas ela era tão distraída que, quando olhava fixamente para alguém, só via o vazio.

— Ponho a aranha dentro? — perguntei, mostrando-lhe o coque.

O barulho do secador elétrico certamente não deixava que ela ouvisse a minha voz. Não me respondeu, mas inclinou a cabeça, como se assentisse. Abri a caixa, virei-a dentro do coque, onde a aranha caiu. Rapidamente voltei a enrolar o cabelo e a colocar a fina redinha que o envolvia e então os grampos, para que não me flagrassem. Fiz isso com indiscutível habilidade, pois o cabeleireiro não percebeu nenhuma anomalia naquela obra de arte, como ele mesmo chamava o coque da noiva.

— Tudo isso será um segredo entre nós duas — disse Roberta ao sair do salão de beleza, torcendo meu braço até eu gritar. Eu não me lembrava dos segredos que ela tinha me contado naquele dia e lhe respondi do jeito como eu tinha escutado as pessoas mais velhas fazerem:

— Sou um túmulo.

Roberta pôs um vestido amarelo com babados e eu, um vestido branco de plumetis, engomado, com um entremeio de *broderie*. Na igreja, não olhei para o noivo, porque Roberta me disse que eu não devia.

A noiva estava muito bonita, com um véu branco coberto de flor de laranjeira. Parecia um anjo, de tão pálida. Em seguida caiu no chão, sem vida. De longe, parecia que uma cortina tinha se soltado. Muitas pessoas a socorreram, a abanaram, buscaram água na sacristia, lhe deram palmadas no rosto. Por um instante acharam que ela tinha morrido; no instante seguinte acharam que estava viva. Levaram-na para casa, gelada como mármore. Na hora de colocá-la no caixão, não quiseram tirar-lhe o vestido nem o coque. Timidamente, abalada, envergonhada durante o velório que durou dois dias, acusei-me de ter sido a causadora de sua morte.

— Você a matou com o quê, pirralha? — me perguntava um parente distante da Arminda, que bebia um café atrás do outro.

— Com uma aranha — eu respondia.

Meus pais se reuniram para decidir se tinham que chamar um médico. Ninguém jamais acreditou em mim. Roberta me tomou antipatia, acho que passei a lhe dar aversão e ela jamais voltou a sair para passear comigo.

A paciente e o médico

(A *paciente está deitada diante de um retrato.*)

Faz cinco anos que o conheço e sua verdadeira natureza ainda não se revelou para mim. Alejandrina me levou ao consultório dele numa tarde de inverno. Na sala de espera, por três horas tive que ficar olhando as revistas que estavam na mesa. Nunca vou me esquecer dos lindos cravos de papel que enfeitavam a floreira sobre o aparador. Havia muita gente: duas crianças, que corriam de um lado para outro da sala e que comiam bombons, e uma velha horrível, com uma sombrinha preta e um chapéu de veludo. Faz cinco anos que o conheço. Às vezes penso que ele é um anjo, outras, um menino, outras, um homem. No dia em que fui a seu consultório não pensei que ele ganharia tanta importância em minha vida. Atrás de um biombo, tirei a roupa para que ele me auscultasse. Anotou meus dados pessoais e meu histórico clínico, sem olhar para mim. Quando pôs sua cabeça sobre meu peito, confesso que aspirei o perfume de seus cabelos e que admirei a cor castanha de seus cachos. Disse-me, vendo uma pinta que tenho no colo, que minha doença demoraria para ser curada, mas que era benigna. Obedeci-lhe em tudo. Eu teria me jogado da janela, se assim ele tivesse me ordenado. Suspendi as verduras cruas, o vinho, o café e o chocolate, de que gosto tanto. Passei a me alimentar de batatas cozidas e carne assada; dormia depois do almoço; e se não dormisse, ao menos descansava. Parei de estudar por seis meses; foi nesses dias que ele me deu seu retrato, para que eu o pusesse em frente à minha cama.

— Quando você se sentir mal, querida, peça conselhos ao retrato. Ele vai te responder. Pode inclusive rezar para ele; e por acaso você não reza para os santos?

Esse modo de agir pareceu estranho a Alejandrina.

Minha vida transcorria numa monotonia só, pois trago comigo uma companhia constante, que me impede de ser feliz: minha doença. O dr. Edgardo é a única pessoa que sabe dela.

Até conhecê-lo, eu ignorava que algo dentro do meu organismo me corroía. Agora sei dos detalhes do que sofro: o dr. Edgardo me explicou. É da minha natureza. Alguns nascem com os olhos pretos, outros têm olhos azuis.

Parece impossível que, sendo tão jovem, ele seja tão sábio; no entanto, tomei conhecimento de que não é necessário ser um ancião para ser sábio. Sua pele lisa, seus olhos de menino, sua cabeleira clara, cacheada, são para mim o emblema da sabedoria.

Houve épocas em que eu o via quase todos os dias. Quando me sentia muito fraca, ele vinha em casa me ver. No saguão, ao se despedir, me beijou várias vezes. Faz um tempo que me atende apenas por telefone.

— Que necessidade tenho de vê-la, se a conheço tão bem: é como se eu tivesse seu organismo no bolso, como um relógio. Na hora em que falar comigo, é só dar uma olhada nele e responder a qualquer pergunta que me faça.

Respondi:

— Se o senhor não precisa me ver, eu preciso ver o senhor.

Ao que ele replicou:

— Meu retrato e minha voz não lhe bastam?

Ele tinha medo de influenciar diretamente meu ânimo, mas eu insisti muito para vê-lo, insisti demais, e ele cismava em não fazer a minha vontade. Primeiro fiz minhas amigas telefonarem para marcar hora em seu consultório; enviei-lhe presentes, me emperiquitei toda para conseguir dinheiro, sem perder minha virgindade. Na primeira noite saí com Alberto, na segunda, com Raúl, nas outras, com amigos que eles me apresentaram. Um dia Alberto me interpelou:

— O que você faz com o dinheiro, *che*? Vive sempre chorando as misérias.

Respondi a verdade:

— É para o médico.

Não tinha por que mentir para um sem-vergonha daquele. Foi assim que pude mandar ao dr. Edgardo uma caneta-tinteiro, um cachimbo, um caderno com capa de couro, um peso de papéis de vidro com flores pintadas, um frasco de água-de-colônia das mais refinadas; em seguida comecei a lhe mandar cartas escritas em papel de diferentes cores, de acordo com meu estado de espírito. Às vezes, quando eu me sentia mais alegre, usava um papel rosado; quando estava carinhosa, um papel azul-claro; quando sentia ciúme, amarelo; quando estava triste, um de cor violeta, lindo; um violeta tão lindo que às vezes eu desejava estar triste, só para enviar este a ele. Meus mensageiros eram as crianças do bairro, que me adoram e que estavam sempre dispostas a levar as cartas a qualquer hora. Eu sempre colocava entre as folhas algum raminho ou alguma flor, ou uma gotinha de perfume ou de lágrima. Em vez de assinar meu nome ao pé da folha, eu o fazia com meus lábios, de maneira que o batom ficasse estampado.

Depois comecei a abusar de todos esses recursos; mandava-lhe, por exemplo, três presentes num dia só, quatro cartas em outro; ou então o chamava cinco vezes por telefone. Que a verdade seja dita: não posso viver sem ele. Vê-lo outra vez seria, para mim, como cair em prantos depois de me conter por muito tempo. É algo necessário, algo maravilhoso. Ninguém compreende, nem Alejandrina. Ontem, resolvi pôr fim a essas insistências vãs. Comprei veronal. Vou tomar o conteúdo desse frasco para que o dr. Edgardo venha me ver. Dormindo, eu não aproveitaria a visita, por isso não vou tomar tudo: só o suficiente para estar calma e poder manter minhas pálpebras fechadas, imóveis, sobre meus olhos. O resto do frasco eu jogo fora, e quando a dona da pensão, que todas as noites me traz uma xícara de chá de tília, quando ela entrar no meu quarto, vai achar que me suicidei. Ao lado do frasco vazio de veronal deixarei o número de telefone do dr. Edgardo, com seu nome. Ela o chamará, pois já tomei minhas precauções: dias atrás, quando voltávamos do mercado, eu lhe disse:

— Se alguma coisa acontecer comigo, não é a minha família que tem que ser avisada, e sim o dr. Edgardo, que é como um pai para mim.

Vou me deitar na cama, com o vestido que eu mesma fiz no mês passado: o azul-marinho, com gola e punhos brancos. O modelo era tão difícil que demorei mais de quinze dias para copiá-lo; esses quinze dias, no entanto, passaram voando, pois eu sabia que o dr. Edgardo me veria, morta ou viva, com esse vestido posto. Não sou vaidosa, mas gosto que as pessoas a quem amo me vejam bem-vestida; além disso, tenho consciência da minha beleza e estou convencida de que se o dr. Edgardo tem me evitado é porque tem medo de se apaixonar por mim. Os homens amam a liberdade e o dr. Edgardo não apenas ama a sua, como também ama a profissão que tem. Embora eu saiba, de fonte segura e porque ele mesmo já confessou, que de noite ele desconecta o cabo do telefone para que seus pacientes não o acordem, e que apenas em caso de gravidade seria capaz de se incomodar, continua sendo um mártir de sua profissão. Se ele fosse tão generoso também em sua vida particular, eu não teria motivo para reclamar! Vou me deitar na cama e colocarei Michín a meus pés. Ontem lhe pus talco contra pulgas e o escovei. E vou lhe pôr água-de-colônia, mesmo que ele me arranhe. Será comovente me ver morta, com Michín me velando.

Por vezes cheguei a pensar que eu odiava Edgardo: tanta frieza não parece humana. Ele me tratou como as crianças tratam seus brinquedos: nos primeiros dias os olham com avidez, beijam-lhes os olhos, no caso de serem bonecos, não largam deles, se são carrinhos, e em seguida, quando já sabem como fazê-los gritar ou trombar, os abandonam em um canto. Eu não me resignei a esse abandono porque suspeito que Edgardo teve que travar uma batalha consigo mesmo para me abandonar. Estou convencida de que ele me ama e que sua vida foi um marasmo até o momento de me conhecer. Eu fui, conforme ele disse, como a chegada da primavera em sua vida, e se por acaso renunciou a meus beijos foi porque o assediava um desejo que ele não podia satisfazer, por respeito à minha virgindade. Outras mulheres que ele não ama, prostitutas que tiram dinheiro dos homens, gozarão de sua companhia. Não tenho motivos para vigiá-lo nem para me enfurecer com ele; no entanto, cinco anos de esperança frustrada me levam a uma solução que talvez seja a única que me resta.

(*O médico pensa enquanto caminha pelas ruas de Buenos Aires.*)

Irei caminhando. Talvez ela consiga o que queria: me ver. Me chamaram com urgência. Sei bem como são essas coisas.

Uma simulação de suicídio, certamente. Conseguir atenção de alguma maneira. Eu a conheci há cinco anos, e um século teria me parecido menos arrastado. Quando entrou no meu consultório e a vi pela primeira vez, fiquei interessado: era um dia de poucos pacientes, um dia de tédio. A pele acobreada, a cor dos cabelos, os olhos rasgados e azuis, a boca grande e apetitosa me agradaram. Atrevida e tímida, modesta e orgulhosa, fria e apaixonada, achei que nunca me cansaria de estudá-la, mas, ai... como é fácil conhecermos o mecanismo de certas enfermas, a quê respondem com os olhos derramados e a boca entreaberta, a quê modulam a voz. Eu a auscultei naquele dia, não pensando no tipo de paciente que seria, e sim no tipo de mulher que era. Demorei-me, talvez exageradamente, com minha cabeça sobre seu peito, ouvindo as batidas aceleradas de seu coração. Ela cheirava a sabonete, e não a perfume, como a generalidade das mulheres. Achei gracioso o rubor de seu rosto e do colo no momento em que eu lhe disse para se despir. Não pensei que aquele começo de nossa relação pudesse terminar em algo tão fastidioso. Durante muitos meses suportei suas visitas, sem tirar nenhum proveito delas, mas com a esperança de chegar a alguma satisfação. Nem o tempo nem a intimidade modificaram as coisas; éramos uma espécie de noivos grotescos, cuja aliança de casamento era a doença, tão circular quanto um anel. Eu sabia que jamais receberia um bom presente nem cobraria pelas consultas. A sra. Berlusea, a quem jamais cobrei um centavo por meus atendimentos médicos, me deu de presente um tinteiro nobilíssimo, de bronze, com uma cabeça de Mercúrio na tampa, um corta-papéis de marfim com imagens chinesas e um relógio de pé, que tenho em meu consultório. O sr. Remigio Álvarez, de quem tampouco cobrei um centavo, me deu de presente um jogo de travessas e um centro de mesa de prata em forma de cisne. Todos os meus pacientes, bem ou mal, me pagaram de alguma forma. Dela, o que posso esperar a não ser um amor de virgem que me constrange, que me persegue? Sub-repticiamente me encontrei metido numa armadilha. Não quis mais vê-la, mas, por compaixão, lhe dei meu retrato. Disse-lhe que o colocasse na frente de sua cama: talvez por causa dos olhares que lancei a ela desde aquela data, passei a imaginá-la, dia e noite, involuntariamente, durante todas as horas do dia: quando ela se deitava, quando se levantava, quando se vestia, quando recebia a visita de alguma amiga, quando afagava o gato que saltava sobre sua cama. Foi algo como um castigo, cujas consequências ainda estou pagando. Essa mulher, que agora tem apenas vinte anos, que não me atraía de modo algum, dia e noite perseguia e persegue meu pensamento. Como se eu estivesse dentro do retrato, como se eu mesmo fosse o retrato, vejo as cenas que se desenvolvem dentro daquele quarto. Não menti a ela quando disse que conhecia seu organismo tão bem quanto o relógio que trago no bolso. Na hora do desjejum posso ouvir até os goles do café que ela toma, o ruído da colherzinha golpeando o fundo da xícara para desfazer os torrões de açúcar. Na penumbra do quarto, vejo os sapatos que ela tira na hora da sesta para colocar os pés nus e alongados sobre a colcha florida da cama. Ouço a banheira que se enche de água no cômodo contíguo, ouço suas abluções e a vejo em meio ao vapor do banheiro, envolta na toalha felpuda, com um ombro descoberto, secando as axilas, os braços, os joelhos e o pescoço. Aspiro o cheiro de sabonete que aspirei em seu peito no primeiro dia em que a vi no consultório, esse cheiro que no primeiro momento me pareceu afrodisíaco e que, depois, parecia uma mistura intolerável de talco e semolina. Quando parei de vê-la, e foi dificílimo fazer isso, afinal ela não poupou nenhum subterfúgio para continuar me encontrando, passou a me telefonar e a me mandar presentes. Se é que se pode chamar aquelas coisas de presentes! Pululuram bugigangas sobre a minha mesa. Às vezes eram engraçadas, não vou negar, mas eram pouco práticas, e eu as guardava para rir delas ou dá-las a algum amigo. Na maioria das vezes eu escondia aquela variedade de objetos em gavetas destinadas ao esquecimento, pois ela nunca acertou, nunca me mandou algo que realmente me agradasse. Quando viu que os presentinhos não surtiam efeito, começou a me enviar cartas através das crianças do bairro. Pela cor dos envelopes, logo reconheci de onde vinham, e às vezes os deixava sem abrir sobre a mesa. Nos últimos tempos, ela usava um papel violeta repugnante, que coincide com os tons mais patéticos. Escreveu que estava de luto e que o violeta era a cor que melhor expressava seu estado de ânimo. Cheguei a pensar que fazer terapia lhe cairia bem, talvez assim pudesse se libertar da obsessão que tem por mim; mas claro que ela não se submeteria a isso, nem sequer por amor. Achei que, com um retrato, eu a manteria afastada, mas aconteceu o contrário: ela se aproximou mais intimamente de mim. Vou caminhando. Darei tempo para que morra. Ouço seus lamentos, o miado do gato, as gotas que caem da torneira dentro da banheira ao lado. Caminho, vou em sua direção dentro de meu retrato maldito.

Voz ao telefone

Não, não me convide para a casa dos seus sobrinhos. Festas infantis me entristecem. Você vai achar tudo uma bobagem. Ontem você se irritou porque eu não quis acender seu cigarro. Está tudo relacionado. Estou louco, é isso? Talvez. Já que nunca posso te ver, vou terminar de te explicar as coisas por telefone. Que coisas? A história dos fósforos. Detesto telefone. Sim. Já sei que você adora, mas eu preferia ter te contado tudo no carro, na saída do cinema ou na confeitaria. Tenho que voltar aos dias da minha infância.

— Fernando, se você brincar com fósforos vai botar fogo na casa — mamãe me dizia, ou então: — A casa inteira vai ficar reduzida a um montinho de cinzas — ou então: — Vamos acabar indo para o espaço, como fogos de artifício.

Acha normal? Também acho, mas tudo isso me levava a mexer nos fósforos, a acariciá-los, a tentar acendê-los, a viver por eles. Com você acontecia a mesma coisa, com as borrachas escolares? Mas ninguém te proibia de encostar nelas. As borrachas não queimam. Você as comia? Isso é outra coisa. As recordações dos meus quatro anos tremulam como se estivessem iluminadas por fósforos. A casa onde passei minha infância, já te contei, era enorme: tinha cinco quartos, dois vestíbulos, duas salas com o forro pintado com nuvens e anjinhos. Acha que eu vivia feito um rei? Mas não. Havia sempre confusões entre os criados.

Eles tinham se dividido em dois times: os partidários da minha mãe e os partidários de Nicolás Simonetti. Quem era? Nicolás Simonetti era o cozinheiro: eu o adorava com loucura. Ele me ameaçava, de brincadeira, com uma faca lustrosa e enorme, dava-me pedacinhos de carne e folhinhas de alface, para me distrair; dava-me balas, que ele despejava sobre o mármore. Ele contribuiu tanto quanto a minha mãe para despertar minha paixão pelos fósforos, que ele acendia para que eu os apagasse soprando. Por causa dos partidários da minha mãe, que eram incansáveis, a comida nunca estava pronta, nem ficava gostosa, nem no ponto certo. Havia sempre alguma mão que interceptava os pratos, que os deixava esfriar, que acrescentava talco aos talharins, que polvilhava os ovos com cinzas. Tudo isso culminou com o aparecimento de um fio de cabelo compridíssimo em um pudim de arroz.

— Este fio de cabelo é da Juanita — disse meu pai.

— Não — disse minha tia —, não quero "achar pelo em ovo", mas tenho para mim que é da Luisa.

Minha mãe, que era muito orgulhosa, se levantou da mesa no meio do jantar e, pegando o fio de cabelo com a ponta dos dedos, o levou para a cozinha. A cara abismada do cozinheiro, que em vez de um fio de cabelo viu um filamento preto, irritou minha mãe. Não sei que frase sarcástica ou ferina fez com que Nicolás Simonetti tirasse o avental, o amassasse como se fosse a massa de um bolo, o atirasse ao chão e anunciasse que estava indo embora de casa. Eu o segui ao banheiro onde ele trocava de roupa todos os dias. Naquela vez, ele, que era tão atencioso comigo, vestiu-se sem me olhar. Penteou-se com um pouquinho de gordura que tinha ficado em suas mãos. Nunca vi mãos tão parecidas com pentes. Em seguida, dignamente juntou na cozinha as fôrmas, as facas enormes, as espátulas e enfiou tudo em uma malinha que sempre levava consigo e se dirigiu à porta, com o chapéu na cabeça. Para que se dignasse a me olhar, dei-lhe um pontapé na perna; então ele pôs sua mão, que cheirava a manteiga, sobre minha cabeça e disse:

— Adeus, garoto. Agora muitos vão apreciar a comida do Nicolás. Que lambam os dedos.

Acha engraçado? Continuo enumerando: duas escrivaninhas. Para que tantas? Eu me pergunto a mesma coisa. Ninguém escrevia. Oito corredores, três banheiros (um com duas pias). Por que duas? Para quatro mãos se lavarem. Dois fogões (um a lenha e um elétrico), dois cômodos para lavar e passar a roupa (um deles, dizia meu pai, estava reservado para amassar a roupa), uma copa, uma sala de almoço, cinco cômodos de serviço, um deles para os baús. Se viajávamos muito? Não. Aqueles baús eram usados para várias coisas. Outro cômodo para os armários, outro para entulhos, onde dormia o cachorro e meu cavalo de madeira montado num triciclo. Se essa casa ainda existe? Existe na minha lembrança. Os objetos são como aqueles marcos que indicam os quilômetros percorridos: a casa tinha tantos, que minha memória está coberta de números. Poderia até dizer em que ano comi a primeira maçã ou mordi a orelha do cachorro, ou então urinei na compoteira. Acha que sou um porco?! Eu gostava mais dos tapetes, dos lustres e das cristaleiras da casa do que dos brinquedos. No dia do meu aniversário, minha mãe organizou uma festa. Ela era precavida. Tem razão, era um amor! Para a festa, os criados tiraram os tapetes, os objetos das cristaleiras, que minha mãe substituiu por cavalinhos de papelão com surpresas dentro: carrinhos de plástico, matracas, cornetas e flautins, para os meninos; pulseiras, anéis, porta-moedas e coraçõezinhos, para as meninas. No centro da mesa da sala de jantar, puseram o bolo com quatro velinhas, os sanduíches, o chocolate já servido. Algumas crianças chegaram (nem todos com presentes) com suas babás, outras com suas mães, outras com uma tia ou a avó. As mães, tias ou avós se sentaram em um canto para conversar. Eu as escutava, de pé, soprando uma corneta que não emitia som.

— Que bonita você está, Boquita — minha mãe disse para a mãe de uma das minhas amigas. — Está vindo do interior?

— Nessa época do ano a gente quer se queimar mas acaba ficando um monstro — respondeu Boquita.

Eu achei que ela se referia aos fósforos, e não ao sol. Se eu gostava? De quem? Da Boquita? Não. Era horrível, com aquela boca fininha, sem lábios, mas minha mãe asseverava que nunca devíamos chamar de bonita as bonitas, e sim as feias, porque assim era mais gentil; ela dizia que a beleza está na alma, e não no rosto; que Boquita era uma careta ambulante, mas que "tinha algo". Além do mais, minha mãe não estava mentindo: ela sempre dava um jeito de pronunciar as palavras de um modo ambíguo, como se enrolasse a língua, e assim conseguia dizer "que maluquita você está, Boquita"; o que também podia ser interpretado como um elogio à personalidade forte de sua amiga. Falaram de política, de chapéus e vestidos, falaram de problemas econômicos, de gente que não tinha ido à festa: só agora me dou conta disso, recopilando as palavras que as ouvi dizer. Depois da distribuição de balões e da apresentação de títeres (a Chapeuzinho Vermelho me deu tanto medo quanto o Lobo Mau à avó, e a Bela me pareceu tão horrível quanto a Fera), depois de apagar as velas do meu bolo de aniversário, segui minha mãe até a salinha mais íntima da casa, onde ela se fechou com suas amigas, entre almofadões bordados. Consegui me esconder atrás de uma poltrona, esmagando o chapéu de uma senhora, sentado de cócoras, apoiado na parede para não perder o equilíbrio. Já sei que sou um desajeitado. Aquelas senhoras riam tanto que eu quase não entendia as palavras que pronunciavam. Falavam de corpetes, e uma delas desabotoou a blusa até a cintura para mostrar o que estava usando: era transparente como uma meia de Natal, pensei que tinha algum brinquedo ali e tive vontade de enfiar a mão dentro. Falaram de medidas: aquilo virou um jogo. Ficaram de pé, uma de cada vez. Elvira, que parecia uma criança grande, misteriosamente tirou de sua bolsa uma fita métrica.

— Sempre trago na bolsa uma lixa de unhas e uma fita métrica, por via das dúvidas — disse.

— Que maluca — exclamou Boquita estrepitosamente —, você parece uma modista.

Mediram a cintura, o peito e o quadril.

— Aposto que tenho cinquenta e oito de cintura.

— E eu aposto que tenho menos.

As vozes ressoavam como em um teatro.

— Eu prefiro ganhar no quadril — dizia uma.

— Eu me contento em ganhar no busto — disse outra. — Os homens se interessam mais pelo peito, não vê para onde eles olham?

— Se eles não me olham nos olhos, não sinto nada — disse outra, com um luxuoso colar de pérolas.

— Não se trata do que você sente, e sim do que eles sentem — disse a voz agressiva de uma que não era mãe de ninguém.

— Não ligo a mínima — respondeu a outra, dando de ombros.

— Eu, não — disse Rosca Pérez, que era linda, no momento de tirar suas medidas; ela tropeçou na poltrona onde eu estava escondido.

— Ganhei — disse Chinche, que era pontiaguda como um alfinete de cabeça pequena, fazendo soar as nove escravas de ouro que levava no braço.

— Cinquenta e um — exclamou Elvira, examinando a fita métrica que rodeava a diminuta cintura de Chinche.

Como alguém podia ter cinquenta e um centímetros de cintura e não ser uma vespa? Pois então era uma vespa. Será que para isso tem que segurar a barriga, como um iogue? Iogue ela não era, mas encantadora de serpentes, sim. Deixava aquelas mulheres perversas fascinadas. A minha mãe, não. Minha mãe era uma santa, sentia pena dela. Quando falavam mal de Chinche, mamãe respondia:

— Quanta abobrinha frita.

Ah, até parece. Nunca ouvi um malandro dizer "abobrinha frita". Deve ser algo muito particular. Era muito típico dela. Me deixe continuar contando. Nesse momento, tocou o telefone, que ficava ao lado de uma das poltronas; Chinche e Elvira o atenderam ao mesmo tempo, repartindo o aparelho; em seguida, tapando o gancho com uma almofada, disseram para minha mãe:

— É para você, *che*.

As outras se cutucaram com o cotovelo, e Rosca pegou o telefone para escutar a voz.

— Aposto que é o barbudo — disse uma das senhoras.

— Aposto que é o duende — disse outra, mordendo o colar.

Então começou um diálogo telefônico no qual todas intervinham, passando o telefone de uma a uma. Esqueci que eu estava escondido e me levantei, para ver melhor o entusiasmo das mulheres, com seu tilintar de pulseiras e colares. Ao me ver, a voz e a expressão da minha mãe mudaram: como se estivesse diante do espelho, alisou os cabelos e acomodou as meias; apagou com diligência o cigarro no cinzeiro, retorcendo-o duas ou três vezes. Pegou-me pela mão e eu, aproveitando seu desconcerto, roubei os fósforos compridos e esplêndidos que estavam sobre a mesa, ao lado dos copos de uísque. Saímos da sala.

— Você tem que dar atenção aos seus convidados — disse minha mãe com severidade. — Eu dou atenção aos meus.

Então ela me deixou na sala desmantelada, sem tapete, sem os objetos habituais das cristaleiras, sem os móveis mais valiosos, com os cavalinhos de papelão vazios, com as cornetas e os flautins pelo chão, com os carrinhos todos com seus donos, que para mim eram uns fingidos. Cada uma das crianças já tinha um balão, que abraçava e apertava com vontade. Em cima do piano, coberto por uma capa, estavam os presentes que os amigos tinham me trazido e que alguém havia colocado ali. Coitado do piano? Por que, em vez disso, você não diz coitado do Fernando? Notei que faltavam alguns presentes, pois eu os tinha contado e examinado com toda a atenção, quando os recebi. Pensei que podiam estar em outro lugar da casa, e aí começou minha peregrinação pelos corredores que me levaram ao latão de lixo, de onde retirei umas caixas de papelão e folhas de jornal que, triunfante, levei para a sala desmantelada. Descobri que algumas das crianças tinham aproveitado minha ausência para se apoderar outra vez dos presentes que tinham me dado. Espertas? Umas sem-vergonha. Depois de muitas hesitações, de muita dificuldade para me relacionar com as crianças, nos sentamos no chão para brincar com os fósforos. Uma babá passou por ali e disse à sua colega:

— Tem uns enfeites muito finos nesta casa: cada floreira, que se cai no pé de alguém, esmaga — e olhando para nós, como se continuassem falando da floreira, uma delas acrescentou: — Quando estão sozinhos, são uns demônios, mas acompanhados viram uns anjinhos.

Fizemos construções, projetos, casas, pontes com os fósforos; dobramos suas pontas por um bom tempo. Foi só quando chegou Cacho, de óculos postos e uma carteira no bolso, que tentamos acender os fósforos. Primeiro quisemos acendê-los na sola do sapato, depois na pedra da lareira. Na primeira faísca queimamos os dedos. Cacho era muito sabido e disse que sabia não apenas preparar, como também acender uma fogueira. Ele teve a ideia de cercar com fogo a copa, onde estava sua babá. Eu protestei. Não tínhamos que desperdiçar fósforos com babás. Aqueles fósforos esplêndidos estavam destinados à salinha íntima onde eu os tinha encontrado. Eram os fósforos de nossas mães. Na ponta dos pés, nos aproximamos da porta da sala onde se ouviam vozes e risadas. Fui eu quem trancou a porta com chave, fui eu quem tirou a chave e a guardou no bolso. Empilhamos os papéis que embrulhavam os presentes, as caixas de papelão com palha, algumas folhas de jornal que tinham ficado sobre uma mesa, o lixo que eu tinha juntado e lenha da lareira, onde nos sentamos um pouco para imaginar a futura fogueira. Ouvimos a voz da Margarita — sua risada, que jamais esqueci — dizendo:

— Nos fecharam com chave.

E a resposta, não sei de quem:

— Melhor, assim nos deixam em paz.

No começo, o fogo mal crepitava, em seguida ferveu, cresceu como um gigante, com língua de gigante. Lambia o móvel mais valioso da casa, um móvel chinês cheio de gavetinhas, decorado com milhões de personagens que atravessavam pontes, que se assomavam às portas, que passeavam à beira de um rio. Milhões e milhões de pesos, foi o que ofereceram à minha mãe por aquele móvel, e ela nunca quis vendê-lo, por dinheiro nenhum. Você acha uma pena?! Teria sido melhor vendê-lo. Voltamos até a porta de entrada, para onde foram as babás. Na escada de serviço comprida, retumbaram as vozes pedindo ajuda. O segurança, que estava conversando na esquina, não chegou a tempo para fazer funcionar o extintor de incêndio. Fizeram a gente descer para a praça. Agrupados debaixo de uma árvore, vimos a casa em chamas e a inútil chegada dos bombeiros. Agora você entende por que eu não quis acender seu cigarro? Por que fósforos me deixam tão impressionado? Você não sabia que eu era tão sensível?

Claro, as mulheres se assomaram à janela, mas estávamos tão interessados no incêndio que mal as vimos. A última visão que tenho de minha mãe é de seu rosto inclinado para baixo, apoiada num balaústre da sacada. O móvel chinês? O móvel chinês se salvou do incêndio, felizmente. Algumas figurinhas se estragaram: uma delas é de uma senhora carregando um menino nos braços, um pouco parecida com a minha mãe e comigo.

O castigo

Estávamos diante de um espelho, que refletia nossos rostos e as flores da sala.
— O que você tem? — perguntei. Ela estava pálida. — Está me escondendo alguma coisa?
— Não estou te escondendo nada. Esse espelho me faz lembrar da minha desgraça: somos duas, e não uma pessoa só — disse ela, cobrindo a face. — Vendo você tão sério, me sinto culpada. Tudo parece uma infidelidade. Tenho vinte anos. E para que me servem? Por medo de me perder, você não quer que eu veja nem que experimente nada, não quer que eu viva. Quer que eu seja totalmente sua, como um objeto inanimado. Se fosse por sua vontade, eu acabaria voltando ao ponto inicial da minha vida ou acabaria morrendo, ou talvez ficando louca — ela me disse. — Isso não te dá medo?
— Você está escondendo alguma coisa de mim — insisti. — Não tente me engabelar com queixumes.
— Se acha que estou escondendo algo de você, vou voltar vinte anos no passado — ela me disse — e te contarei toda a minha vida. Farei um resumo.

— Como se eu não conhecesse a sua vida! — respondi.

— Não conhece. Me deixe recostar a cabeça nos seus joelhos, estou com sono.

Acomodei-me no sofá e deixei que ela se apoiasse comodamente em mim, ninando-a como a um recém-nascido.

— O único pecado que existia para mim era a infidelidade. Mas como ser fiel, sem morrer para o resto do mundo e para si mesmo? Numa sala, com flores pintadas na parede, Sergio me segurou, nua, em seus braços. Suspeitou que eu o tinha enganado e quis me matar. Eu não o tinha enganado, afinal, em minhas infidelidades, se é que elas existiam, era a ele quem eu buscava.

— Por que você diz meu nome como se falasse de outra pessoa?

— Porque Sergio era outra pessoa. Conheci o amor perfeito por três anos. Tudo nos unia: tínhamos os mesmos gostos, o mesmo jeito, a mesma sensibilidade. Ele me dominava: me devorou, como um tigre devora um cordeiro. Ele me amava, como se me prendesse em suas entranhas, e eu o amava como se tivesse saído delas. Depois de três anos de felicidade e também de tormento, pouco a pouco, e de um modo cada dia mais romântico e recatado, desaprendemos até mesmo a como nos beijar. A vergonha, feito um vestido muito fechado e com muitos botões e cintas, cobria meu corpo. Não quis mais ver Sergio. Passei a ter nojo dos seus beijos. Ele me escreveu uma carta me propondo coisas obscenas. Queimei a carta. "O que estará escrito nela?", pensei ao olhar o envelope, cheia de esperanças. Segurei-o por um instante em minhas mãos, antes de abri-lo.

"Combinamos de nos encontrar em uma igreja; mal nos olhamos. Depois, furtivamente, o encontro foi em uma praça. Por um tempo, vivi rodeada por uma espécie de bruma inquietante, porém feliz.

"Encontrei Sergio alguns meses depois, em um teatro."

— Não diga meu nome como se não me conhecesse. Sou capaz de te estrangular — eu lhe disse. Ela continuou, como se não tivesse me ouvido:

— Como é bonita a pessoa quando não a conhecemos! Fiquei comovida ao ver aqueles olhos que me olhavam pela primeira vez. Tremi de emoção, como quem vê o começo da primavera em uma única e minúscula folha, enquanto todo o resto do jardim ainda está eclipsado no inverno, ou como quem vê um precipício, entre montanhas azuis e arbustos com flores deslumbrantes e longínquas. Vertigem, apenas vertigem, foi o que senti! Com certeza já nos conhecíamos de outra encarnação: não nos cumprimentamos e, ainda assim, me pareceu natural. "Eu gostaria de conhecê-lo nesta vida", pensei com ardor. Rapidamente, comecei a me esquecer de Sergio.

— Proíbo você de brincar com nosso amor — eu disse, tentando fazê-la voltar à realidade; ela não me escutou.

— Estava feliz, com essa felicidade que a expectativa nos dá. Dançava na frente do espelho. Tocava piano maravilhosamente bem, pelo menos era o que eu achava. Eu esperava algo, mas o quê? Não sei. Um namorado, provavelmente. Estava cansada de estudar. Nem mesmo a timidez me salvava do tédio, do nervosismo que me causavam as provas. Minha professora de filosofia era minha melhor amiga. Eu lhe levava buquês de rosas ou frutas, que trazia do campo. Ela me convidava para tomar chá em sua casa. Deixou de ser minha amiga. Passou a me tratar com desdém, com indiferença.

"— Leve um buquê de flores para sua professora; se você não a tratar com atenção, ela nunca vai te demonstrar simpatia — minha mãe me disse, um dia.

"— É preciso comprar a simpatia de alguém?

"— Quem te ensinou essa palavra tão vulgar?

"— Qual? — interroguei, com evidente má-fé.

"— Comprar. Compram-se frutas, alimentos, vestidos, sei lá!, mas não sentimentos humanos — ela me respondeu, com orgulho.

"— Tudo se compra, com ou sem dinheiro — eu disse.

"Não sei por que me lembro com tanta precisão desse diálogo. Os dias começaram a ficar muito longos, muito extensos, muito profundos. Sobrava tempo para tudo, principalmente para o esquecimento. Demorei muito para esquecer como se dança, como se toca piano. Meu corpo perdeu o equilíbrio; quando tentava ficar na ponta dos pés, eu vacilava; os dedos da minha mão perderam agilidade, grudando nas teclas quando percorriam as escalas. Me senti humilhada. Tentei me suicidar numa noite de inverno, nua, junto à janela aberta, sem me mexer, tiritando de frio até o amanhecer; depois, com um sonífero, que consegui num contrabando, na farmácia; depois, com um revólver, que achei no quarto do meu pai. Tudo fracassou, por culpa da minha indecisão, por culpa do meu nervosismo, por culpa da minha boa saúde, mas não por meu amor à vida. Alicia me decepcionou com suas traições, com suas mentiras. Resolvi não a ver mais e, antes de me despedir dela, resolvi também espalhar seus pecados no seio de sua família, num dia em que estivessem todos reunidos, diante daquelas pinturas místicas tão bem iluminadas na sala da casa. Alicia e eu trocávamos confidências. Era minha melhor amiga. Dormíamos juntas no verão, sob o mosquiteiro, que velava nosso rosto. Nos apaixonávamos sempre pelo mesmo rapaz, que sempre amava a mim. Alicia achava que era por ela que eles se apaixonavam. Ficávamos irritadas uma com a outra sem razão aparente. Ríamos de tudo e por tudo: da morte, do amor, da falta de sorte e da felicidade. Não sabíamos do que gostávamos, e aquilo que mais nos divertia às vezes se revelava tedioso e absurdo.

"— Essas pirralhas acham que são muito adultas — dizia

minha mãe, ou minha tia, ou alguém da criadagem —, isso é falta de uma boa sova.

"Líamos livros pornográficos, que escondíamos debaixo do colchão; fumávamos; íamos ao cinema em vez de estudar.

"Todas as manhãs, nadávamos na piscina municipal, e ganhamos prêmios em quatro ou cinco competições. Nadávamos também no rio, quando alguém nos convidava para passar o dia no Tigre, em algum clube; ou no mar, naquele verão em que nos hospedamos numa casa alugada por minha tia, em Los Acantilados. Foi a primeira vez que vi o mar! Lá aprendemos a boiar na água, com dificuldade, porque tínhamos medo. Fomos nos esquecendo da natação. Ah, como afundávamos na água! Um dia quase nos afogamos abraçadas, tentando nos salvar ou nos afundar mutuamente.

"— Você vai se afogar — me avisava minha mãe. — Quando aprender a nadar, você vai perder o medo, e poderá vencer competições.

"Eu guardava no armário os cartões-postais que recebia de Claudina. Não conseguia dormir, só de pensar em ir ao colégio: vergonha dos meninos, medo dos mais velhos, curiosidade pelos suplícios sexuais, tudo me torturava.

"Passamos dias e dias de alegria num jardim enorme, com duas esfinges de pedra que cuidavam do portão de entrada. À tarde, descíamos para o rio, para passear. Do caminho que nos conduzia ao Clube Náutico, divisava-se a igreja de San Isidro, onde me levavam à missa aos domingos. Tornei-me religiosa, devota de Nossa Senhora de Luján. Em vez de usar no braço uma pulseira, usava um rosário. Claudina foi embora para a Europa. Comprávamos ovos frescos em uma casinha escondida sob uma gigantesca trepadeira. Às vezes me deixavam ir de bicicleta, sozinha ou com Claudina. Em uma de minhas incursões, um homem olhou para meus seios ainda em botão e me disse obscenidades. O tempo passou e a bicicleta ficou altíssima para mim. Faltava-me equilíbrio para dirigi-la.

"— Medrosa — o jardineiro me dizia, olhando meus joelhos e mexendo nos bigodes.

"A cicatriz que tenho na testa é de uma trombada que dei contra um poste, quando descia o barranco.

"Fiz a primeira comunhão. Sonhava com meu vestido branco. Eu tinha um corpo reto; sem quadris, sem peitos, sem cintura, como um garoto. Levaram-nos à casa do fotógrafo, Claudina e eu, cobertas de tule branco, de missais e maus pensamentos. Ainda conservo as fotografias.

"Lembro do dia em que a bicicleta nova, embalada, chegou em casa. Depois, o dia em que minha mãe me prometeu a bicicleta como recompensa pelas boas notas no colégio.

'Andar em triciclo é chato! Quando vou ter uma bicicleta?', eu dizia comigo mesma.

"No triciclo, eu rodava e rodava ao redor dos móveis da casa, pensando naquela bicicleta. Estávamos na cidade.

"Com a cabeça raspada feito um garoto, eu trepava nas árvores. Convalescia muito devagar, pois minha mãe não conseguia fazer com que eu parasse quieta. Três médicos ficaram em volta da minha cama. Ouvi que falavam de febre tifoide. Eu tremia na cama e bebia água e laranjada, continuamente. Minha mãe ficou assustada: seus olhos brilhavam como pedras preciosas.

"— É preciso chamar um médico.

"Nessa mesma manhã, ela disse:

"— Minha filha não tem nada. Tem uma saúde de ferro — e me mandou para o colégio acompanhada da babá.

"Eu estava bebendo água de um brejo, onde se acumulava o lixo, no dia em que conheci Claudina. Ninguém falou sobre minha travessura.

"Eu ainda não sabia andar de triciclo. Os pedais machucavam minhas pernas.

"Fizemos uma viagem para a França: o mar, que vi pela última vez, me deixou fascinada. E depois, por muito tempo, perguntei à minha mãe:

"— Como será que é a França? Como será o mar?

"Eu fingia ler o jornal, como fazem as pessoas mais velhas, sentada em uma cadeira. Rosa, Magdalena e Ercilia eram minhas amigas. Tínhamos a mesma idade, mas eu era a mais precoce. Reconhecia qualquer melodia. Nos balanços de Palermo, eu me balançava para o alto sem medo, e subia no escorregador mais alto, sem hesitar. Em seguida, aos poucos, passaram a me impedir de subir num escorregador, a não ser que fosse o mais baixo, porque o outro era perigoso. Perigo, perigo, onde estava o perigo? Tentaram me mostrar: nas facas, nos alfinetes, nos cacos de vidro, nas tomadas, na altura. Não me deixavam mais comer chocolate nem tomar sorvetes, nem subir sozinha no carrossel.

"— Por que não posso comer chocolate? — eu queria saber.

"— Por que é indigesto — me respondiam.

"Eu idolatrava minha mãe: chorava quando ela voltava tarde da rua. Minhas amigas arrancavam meus brinquedos de mim.

"Uma noite, alguém me deu um susto com um macaco de pano, e, no dia seguinte, me deram de presente o mesmo macaco; não gostei dele. As pessoas me davam medo ou me deixavam alegre. Eu não sabia escrever, a não ser usando letras feitas de borracha: rosa, casa, mamãe. Os dias se estendiam mais e mais. Cada dia guardava pequenas auroras, pequenas tardes, pequenas noites, que se repetiam ao infinito. Eu chorava quando via um cachorro ou um gato que não fosse de brinquedo. Não reconhecia as letras: nem a 'o', nem a 'a', que eram tão fáceis; não reconhecia os números, nem o zero, que era como um ovo, nem o um, que era como um soldadinho. Comecei a experimentar o gosto de algumas frutas, de algumas sopas; depois, o gosto doce do leite. Esta é minha vida", ela me disse, fechando os olhos. "Recordar o passado me mata."

— Você está zombando de mim? — perguntei a ela.

Ela não me respondeu e apertou os lábios: jamais voltou a abri-los para me dizer que me amava. Não consegui chorar. Como se a contemplasse do topo de uma montanha, eu a olhei, distante, indefesa, inalcançável. Sua loucura era meu único rival. Eu a abracei pela última vez e foi como se a violasse. Durante o relato, o tempo, para mim, tinha transcorrido ao contrário: para ela, vinte anos menos, que significaram para mim vinte anos mais. Dei uma olhada no espelho, esperando que refletisse seres menos angustiados, menos perturbados que nós. Vi que meus cabelos tinham ficado brancos.

A oração

Laura estava na igreja, rezando.
Deus meu, tu não recompensarás a boa ação de tua serva? Compreendo que algumas vezes não fui uma pessoa boa. Sou impaciente, mentirosa. Careço do sentimento de caridade, mas sempre tento alcançar o teu perdão. Afinal, não passei horas ajoelhada no chão do meu quarto, diante da imagem de uma de tuas virgens? Este menino horrível que escondi em minha casa, para salvá-lo das pessoas que queriam linchá-lo, isso não vai me trazer satisfação alguma? Não tenho filhos, sou órfã, não sou apaixonada por meu marido, tu bem sabes. Não quero esconder nada de ti. Meus pais me levaram ao casamento como se leva uma criança ao colégio ou ao médico. Eu lhes obedeci, porque acreditei que tudo ia correr bem. Não quero esconder isto de ti: não se pode mandar no amor, e ainda que a ordem de amar meu marido tivesse partido de ti, eu não conseguiria te obedecer, caso não me inspirasses o amor de que necessito. Quando meu marido me abraça, quero fugir, me esconder em um bosque (desde menina, imagino um bosque enorme, com neve, no qual, na minha infelicidade, me escondo); ele me diz:

— Como você está fria... parece feita de mármore.

Me agrada mais o moço feio da bilheteria, que de vez em quando me dá de graça entradas para que eu vá ao cinema com minha irmãzinha, ou o vendedor de sapatos, um pouco repugnante, que acaricia meu pé entre suas pernas quando me faz experimentar os sapatos, ou o pedreiro louro da esquina da Nueve de Julio com a Corrientes, ao lado da casa onde mora minha aluna predileta, este sim me agrada, o de olhos escuros, o que come pão, cebola e uvas com carne sentado na sarjeta; o mesmo que me pergunta:

— A senhora é casada? — e sem esperar minha resposta, diz:
— Que pena.

O mesmo que me fez passar por entre os andaimes para ver o apartamento que um casal recém-casado ia ocupar.

Visitei o andar que estava em construção quatro vezes. Na primeira, fui de manhã; estavam colocando os tijolos de uma parede divisória. Me sentei sobre uma pilha de madeira. Era a casa dos meus sonhos! O pedreiro (que se chama Anselmo) me levou à parte mais alta, para que eu conhecesse a vista. Tu sabes que a tua serva não quis se demorar até tão tarde no apartamento em construção e que, ao torcer o tornozelo, ela foi obrigada a, contra a vontade, ficar um bom tempo no meio dos homens, esperando que a dor passasse.

Na segunda vez, cheguei à tarde. Estavam colocando os vidros das janelas, e eu fui buscar o porta-moedas que tinha esquecido ali. Anselmo quis que eu visse o terraço. Eram seis da tarde quando descemos; todos os outros trabalhadores tinham ido embora. Quando passei por uma parede, sujei o braço e a bochecha com cal. Sem me pedir licença, Anselmo tirou um lenço e limpou as manchas em mim. Vi que seus olhos eram azuis e sua boca, muito rosada. Talvez eu tenha olhado demais para ele, pois me disse:

— Que olhos a senhora tem!

Descemos os andaimes de mãos dadas. Ele me disse para eu voltar às oito da noite do dia seguinte, que um de seus colegas tocaria acordeón e que a mulher de outro levaria vinho. Tu sabes, Deus meu, que, num grande sacrifício, eu fui, para não lhe fazer uma desfeita. O colega de Anselmo estava tocando o acordeón quando cheguei. À luz de uma lanterna, os outros se agruparam ao redor de algumas garrafas. A mulher levou copos em uma cesta para que neles bebêssemos, e nós bebemos. Me retirei antes de a festa terminar.

Com uma lanterna, Anselmo me conduziu até a saída. Ele quis me acompanhar por alguns quarteirões. Não deixei.

— Vai voltar? — me disse ao se despedir. — A senhora ainda não viu os azulejos.

— Que azulejos? — perguntei, rindo.

— Os do banheiro — me respondeu, como se me beijasse. — Volte. Amanhã eles chegam.

— Quem?

— Os recém-casados. Podemos espiá-los.

— Não tenho o costume de espiar.

— Vou lhe mostrar um letreiro luminoso, uns sapatos com asas. Nunca viu?

— Nunca.

— Vou lhe mostrar amanhã.

— Está bem.

— A senhora vem?

— Sim — respondi, e fui embora.

Na terceira vez, não havia ninguém no edifício. Por detrás de um tapume de madeira, ardia uma fogueira; tinha uma panela sobre umas pedras.

— Esta noite estou substituindo o vigia noturno — ele me disse assim que cheguei.

— E o casal?

— O casal foi embora. Vamos subir para ver o letreiro luminoso? — disse.

— Está bem — respondi, dissimulando meu nervosismo.

Deus meu, eu não sabia o que me esperava naquele sétimo andar. Subimos. Achei que meu coração estava acelerado porque eu tinha subido muitos andares, e não porque estava sozinha naquele prédio, com aquele homem. Quando chegamos lá em cima, foi com alegria que vi do terraço o letreiro luminoso. Os sapatos com asas iluminados rodopiavam no ar. Fiquei com medo. O gradil ainda não tinha sido colocado, então voltei ao quarto. Anselmo me tomou pela cintura.

— Não vá cair — disse, e acrescentou: — Aqui vão pôr a cama. É bom se casar, não é?, e ter um ninho.

Enquanto ele dizia essas palavras, sentava-se no chão, ao lado de uma malinha e de uma trouxa de roupas.

— Quer ver umas fotografias? Sente-se.

Pôs uma folha de jornal no piso, para que eu me sentasse. Me sentei. Abriu a malinha e de dentro dela, Deus meu, tirou um envelope, e do envelope, umas fotografias.

— Esta era minha mãe — ele disse, aproximando-se de mim. — Veja você, que bonita ela era — começou a me tratar por "você". — E esta é minha irmã — disse, soltando o ar no meu rosto.

Me encurralou e começou a me abraçar, sem me deixar respirar. Deus meu, tu sabes que eu tentei me desvencilhar dos braços dele, inutilmente. Sabes que fingi estar machucada para fazê-lo voltar à razão. Sabes que me afastei, chorando. Eu não escondo nada de ti. Cheguei em casa com o vestido rasgado e, apesar de tudo, voltei a vê-lo no dia seguinte, pois fui buscar o porta-moedas que vivo perdendo por aí. Não escondo nada de ti. Sei que não sou virtuosa, mas quantas mulheres virtuosas tu conheces? Não sou dessas que, nos passeios aos domingos no rio, usam calças justas e a metade do peito para fora. Claro que meu marido iria se opor a essas coisas, mas às vezes eu poderia me aproveitar da distração dele para fazê-las. Não tenho culpa se os homens me olham: me olham como se olha para uma garotinha. Sou jovem, é verdade, mas não é disso que eles gostam em mim. Nem olham para a Rosaura e para a Clara, quando elas vão pelas ruas: elas não ouviram um único galanteio sequer durante as férias, tenho certeza. Nem mesmo umas indecências, que são tão fáceis de conseguir. Sou bonita, e por acaso isso é algum pecado? Pior é ser amarga. Desde que me casei com Alberto, moro nesta rua escura de Avellaneda. Tu sabes muito bem que a rua não é pavimentada e que, de noite, vivo torcendo o tornozelo no caminho de casa, quando estou de salto alto. Nos dias de chuva, para ir ao trabalho calço botas de borracha, que já estão furadas, e uma capa de chuva que parece um saco plástico. Tudo bem que os sacos plásticos estão na moda agora. Sou professora de piano, e teria sido uma grande pianista, não fosse por meu marido, que se opôs, e por minha falta de vaidade. Às vezes, quando temos visita em casa, ele insiste para que eu toque tangos e jazz. Humilhada, sento-me ao piano e lhe obedeço apaticamente, porque sei que ele gosta. Minha vida não tem alegrias. Todos os dias, com exceção dos feriados e dos sábados, percorro a Calle España, sempre no mesmo horário, para ir à casa de uma de minhas alunas. Em um trecho do caminho de terra, solitário, cheio de valas, onde tantas vezes pensei em ti, coisa de vinte dias atrás (que me parecem uma eternidade), vi cinco meninos brincando. Eu olhava distraída, e os vi no barro, na beira de uma vala, como se fossem meninos irreais. Dois deles brigavam: um tinha arrancado do outro uma pipa amarela e azul, que apertava contra o peito. O outro o pegou pelo colarinho (o fez rolar pela vala) e enfiou sua cabeça na água. Debateram-se por um tempo:

um afundando a cabeça do outro, o outro tirando a cabeça da água. Apareceram algumas borbulhas na água barrenta, como quando submergirmos uma garrafa vazia e ela faz glu glu glu. Sem soltar a cabeça do outro, o menino continuava aferrado à sua presa, que já não tinha forças para se defender. Os colegas de brincadeira aplaudiam. Os minutos às vezes parecem muito longos ou muito curtos. Eu olhava a cena, como se estivesse no cinema, sem pensar que poderia ter intervindo. Quando o menino por fim soltou a cabeça de seu adversário, este se afundou no barro silencioso. Houve então uma debandada. Os meninos fugiram. Compreendi que eu tinha assistido a um crime, um crime em meio a essas brincadeiras que parecem inocentes. Correndo, os meninos chegaram às suas casas e anunciaram que Amancio Aráoz tinha sido assassinado por Claudio Herrera. Tirei Amancio da vala. Foi então que as mulheres e os homens do bairro, armados de paus e de ferros, quiseram linchar Claudio Herrera. A mãe de Claudio, que gostava muito de mim, me pediu, chorando, que o escondesse em minha casa, o que fiz de bom grado, depois de depositar o falecidinho no leito onde o amortalharam. Minha casa fica afastada do lugar onde vivem os pais de Amancio Aráoz, e isso facilitava as coisas. Durante o enterro, as pessoas não choravam a morte de Amancio, e sim amaldiçoavam Claudio. Deram a volta no quarteirão, carregando o caixão a pé. Em cada porta pela qual passavam, paravam para gritar insultos a Claudio Herrera, para que as pessoas tomassem conhecimento do crime que ele tinha cometido. Estavam todos tão exaltados que pareciam felizes. Sobre o caixão branco de Amancio, tinham colocado umas flores bem vistosas, que as mulheres não se cansavam de elogiar. Várias crianças, mesmo não sendo parentes do morto, seguiram o cortejo, por diversão; faziam algazarra e riam, arrastando os paus com que brincavam sobre o calçamento. Acho que ninguém chorava, porque a indignação não tem lágrimas. Apenas uma velha senhora soluçava, sinhá Carmen, porque não entendia o que tinha acontecido. Deus meu, quão pouca suntuosidade e quão pouco luxo naquele enterro. Claudio Herrera tem oito anos. Não dá para saber até que ponto ele tem consciência do crime que cometeu. Protejo-o como uma mãe. Não consigo explicar direito por que me sinto tão feliz. Transformei minha salinha em quarto, e ali o acomodo. Nos fundos da casa, onde antigamente ficava o galinheiro, mandei pôr um trapézio e uma rede para ele; comprei-lhe um balde e uma pá, para que ele faça um pequeno jardim e se distraia com as plantas. Claudio me ama, ou pelo menos se comporta como se me amasse. Obedece a mim mais do que à sua mãe. Eu o proibi de se aproximar da varanda e do terraço da casa. Também o proibi de atender o telefone. Nunca me desobedeceu. Quando terminamos de comer, ele me ajuda a lavar a louça. Limpa e descasca as verduras e, pelas manhãs, varre o quintal. Não tenho nada do que reclamar; no entanto, talvez influenciada pela opinião dos vizinhos, começo a ver nele o delinquente. Tenho certeza, Deus meu, que, por diferentes métodos, ele tentou matar Jazmín. Primeiro percebi que ele tinha colocado veneno para baratas no prato onde ponho comida para ela; depois, tentou afogá-la debaixo da torneira e dentro do balde que usamos para lavar o quintal. Faz alguns dias que estou convencida de que ele não lhe deu água, ou, se a ofereceu, estava misturada com tinta, que Jazmín rejeitou imediatamente, depois de latir. Atribuo sua diarreia a alguma mistura diabólica que Claudio colocou na carne que lhe damos. Consultei a doutora, que sempre me aconselha. Tu sabes que tenho muitos medicamentos numa caixinha de primeiros socorros, entre eles barbitúricos. Na última visita que fiz à doutora, ela me disse:

— Querida, feche a caixinha de remédios com chave. A criminalidade infantil é perigosa. As crianças usam de qualquer meio para chegar a seus fins. Chegam a estudar dicionários. Nada lhes escapa. Sabem tudo. Ele poderia até envenenar seu marido, que, pelo que você me contou, não quer vê-lo nem pintado de ouro.

Eu respondi:

— Para que os seres humanos possam se recuperar, é preciso confiar neles. Se Claudio suspeita que não confio nele, vai ser capaz de fazer coisas horríveis. Já expliquei a ele o conteúdo de cada frasco e lhe mostrei aqueles que têm, numa etiqueta vermelha, a palavra VENENO.

Deus meu, eu não passei a chave na caixinha de remédios, e faço isso intencionalmente, para que Claudio aprenda a reprimir seus instintos, se é que é verdade que ele é um delinquente. Nas noites seguintes, durante o jantar, meu marido o mandou ao sótão buscar uma caixa, em que guarda suas ferramentas de carpinteiro. Meu marido adora carpintaria. Como o menino estava demorando a voltar, ele subiu ao sótão para espiá-lo. Claudio — segundo me contou meu marido — estava sentado no chão, brincando com as ferramentas, fazendo furos na tampa da caixa de madeira lustrosa de que Alberto tanto gostava. Indignado, Alberto lhe deu uma surra ali mesmo. Trouxe o menino pela orelha até a mesa. Meu marido não tem imaginação. Tratando-se de um menino que desconfiamos não ser normal, como ele se atreveu a submetê-lo a um castigo que teria enlouquecido de raiva até mesmo a mim? Continuamos a jantar em silêncio. Claudio, como de costume, nos deu boa-noite e, quando ficamos a sós, meu marido me disse:

— Se este monstro não for embora logo de casa, eu vou morrer.

— Que impaciente, você — retruquei. — Estou fazendo um gesto de caridade. Você deveria reconhecer isso.

E, para impressioná-lo ainda mais, invoquei teu nome. Sofremos de insônia, nós dois, então, antes de nos deitar, sempre tomamos comprimidos para dormir, que ficam num frasquinho, na caixa de remédios. Ele, porque não dorme e fica fazendo barulho com o livro ou o jornal que estiver lendo, com o cigarro que acende; e eu, porque o escuto e fico esperando que durma, com medo de não conciliar o sono. Ele pensou na mesma coisa que a doutora: que eu devia trancar a caixinha de remédios. Não lhe dei ouvidos, porque insisto que a confiança é o meio de conseguir o melhor resultado. Meu marido não concorda. Faz uns dias que ele está apreensivo. Diz que o café anda com um gosto esquisito e que depois de bebê-lo ele se sente zonzo, coisa que jamais lhe aconteceu. Para tranquilizá-lo, quando está em casa eu deixo a caixinha de remédios fechada à chave. Em seguida volto a abri-la. Muitos dos meus amigos não nos visitam: não posso recebê-los, pois não contei a ninguém meu segredo, apenas à doutora e a ti, que sabes tudo. Mas não estou triste. Sei que um dia vou ser recompensada, e nesse dia voltarei a me sentir feliz, como quando era solteira e morava ao lado dos jardins de Palermo, numa casinha que já não existe, a não ser na minha lembrança. É estranho, Deus meu, o que está acontecendo comigo hoje. Não quero mais ir embora desta igreja, e quase poderia dizer que previ isso, pois tenho uns bombons na bolsa que trouxe para não desfalecer de fome. Já passou da hora do almoço e não como nada desde as sete da manhã. Tu não ficarás ofendido, Deus meu, se eu comer um desses bombons, não é? Não sou gulosa; sabes que sou um pouco anêmica e que o chocolate me dá energia. Não sei por que estou com medo de que alguma coisa tenha acontecido em casa: tenho premonições. Estas senhoras maltrapilhas, de chapéus pretos, com plumas, e o padre que entrou no confessionário, são sinal de mau agouro. Alguém alguma vez já se escondeu em um de teus confessionários? É o lugar ideal para uma criança se esconder. E por acaso, nesses momentos, eu não pareço uma criança? Quando o padre e as senhoras cobertas de plumas saírem, vou abrir a portinhola do confessionário e entrarei nele. Não vou me confessar com um sacerdote, e sim contigo. E passarei a noite inteira em tua companhia. Deus meu, eu sei que recompensarás a boa ação de tua serva.

A criação
(Conto autobiográfico)

Nenhum instrumento de música: nem a gaita de fole romana, nem a flauta japonesa, nem o nekeb hebreu, nem a transversal chinesa, nem a fluira romena, nem a floghera grega, nem todos eles juntos ressoariam de modo tão estranho: chegavam do rio, entre tambores, emitindo breves e obstinados assobios. A praça para onde se dirigiam estava escura, molhada pela chuva que dava brilho às estátuas e às pedras do espelho d'água. Debaixo dos bancos não havia os papéis, as cascas ou os excrementos de sempre. Os cachorros acudiam farejando algum osso enterrado. Amparadas pela escuridão, meninas surdas-mudas se demoraram nos balanços, movendo-se para cima e para baixo freneticamente; os uniformes escolares voavam ao vento: não se avistavam seus rostos nem suas mãos; pareciam fantasmas, Erínias de gesso. Mulheres enlutadas, cheirando a laranja, carregavam as tochas.

Pouco a pouco, a praça se iluminou. As meninas pararam de se balançar. Elas e os cachorros se juntaram à procissão. O frio, a chuva influíram na repercussão dos sons: estes ressoavam como se estivessem sendo emitidos dentro de uma gruta que houvesse se multiplicado e se dividido para sempre.

Os primeiros silvos, que ouvi como em um sonho, começaram a tomar corpo, a adquirir ritmo e intensidade, quando a procissão se congregou na praça. Aquela melodia, que durou até a manhã, já era ouvida de todas as casas de Buenos Aires. No entanto, a pessoa que estava ao meu lado não a ouvia.

Aquela música, que a princípio poderia ter sido confundida com o apito de um trem, de uma fábrica ou do bonde que funciona com um cabo, era um réquiem? Prolongava-se para além da eternidade. Apenas músicos heroicos conseguiriam prolongar esse concerto durante tanto tempo, sob a chuva, sem desmaiar na noite. O delírio crescia. Em determinado momento, achei que estava distinguindo vozes, mas logo percebi que eram os instrumentos que se tornavam humanos, e que nenhuma voz podia ser tão pungente. Não seriam impropérios, como nas liturgias da Sexta-Feira Santa? Os mesmos tambores pulsavam como um coração. À força de ser humana, aquela música se tornava impiedosa e bestial.

As mulheres apagaram as tochas na grama úmida, mas a luz continuava iluminando árvores e estátuas.

O que aquela gente fazia no jardim? O que faziam as meninas surdas-mudas? O que faziam os cachorros, deitados como se formassem um monumento? Dispersavam-se lentamente e talvez aquela melodia já não viesse dos instrumentos, e sim de alguns discos que tinham sido distribuídos anteriormente pela cidade e que notívagos escutavam em seus gramofones.

Se essa música era tão conhecida, como eu não a tinha ouvido antes? Talvez, em meu engano, eu confundisse a melodia do jazz, que tanto me seduz, com um réquiem. No entanto, aquelas frases musicais que eu estava ouvindo não eram de jazz nem de nenhuma música que se pudesse dançar. Como era possível que, sendo uma obra de tamanha excelência, tivesse sido escrita por gente daquele nível, dedicada apenas a questões de índole política, a fim de exaltar e ludibriar o povo?

A alvorada invadia os cômodos. Nos pátios úmidos, as lajotas soltavam vapor. Nunca Buenos Aires tinha estado tão limpa. Já não se ouviam os gramofones, e sim o assovio de um homem solitário, que estava no terraço de alguma casa. O homem não tinha escutado ou não se lembrava bem da melodia; equivocava-se quanto ao ritmo, abreviando ou prolongando aflitivamente as notas mais importantes. Começava outra vez o mesmo compasso, com esforço: o assovio terminava em sons quase inaudíveis e vacilantes, que se repetiam de modo lastimoso. As notas, as modulações, sugeriam o típico cor-de-rosa pálido que reveste o céu da alvorada. Era nesses murmúrios musicais que se podia notar a beleza da obra, pensei. Mas não apenas o homem solitário assobiava aquela melodia; outras pessoas, mais distantes, mais obscuras, sem sexo definido, debruçadas numa varanda ou na calçada, já varrendo a rua, tentavam modulá-la. Tratava-se de uma canção popular, como "Mambrú se fue a la guerra", o *Hino Nacional* ou "Mi noche triste". As meninas surdas-mudas, cujas vozes e sibilos soavam como o coaxar dos sapos, a ensaiaram; a ensaiaram também os vigias nas esquinas, com um assovio insistente. A música ia diminuindo, atravessava as vias do trem, as pontes, até voltar ao rio, onde se extinguiu.

Aquela obra não foi composta nem escrita por ninguém: eu soube disso no dia seguinte. Nenhuma orquestra a executou, não foi gravada em nenhum disco nem sussurrada por ninguém. Mas eu não me espantaria se me deparasse com ela amanhã, a qualquer momento, em qualquer lugar. Talvez (estou agora obcecada por esta ideia) a obra mais importante de uma vida se produza em horas de inconsistência (ela existe, ainda que apenas aquele que a criou a conheça); desconfio que a minha andará perdida pelo mundo, buscando ocasião, com vontade e vida próprias. Só desse modo se explica o fato de eu não conseguir me esquecer dessa música, que compus quando estive à beira da morte, como não poderia jamais me esquecer, por mais cansada que estivesse deles, do *Trio em lá menor* de Brahms, do *Concerto para quatro pianos* de Vivaldi ou da *Sonata em ré menor* de Schumann.

O nojo

Para cumprir uma promessa, durante a internação de Rosalía, ele deixou a barba crescer. Graças a essa circunstância, o fotógrafo Ersalis, sem lhe pagar nada, o fotografou e, na fachada da loja, para fazer propaganda, expôs a foto, cuja cópia, em moldura de madeira, está presa à cabeceira da cama matrimonial. À noite, quando Rosalía se ajoelhava para rezar, a presença desse retrato lhe parecia um sacrilégio; agora, como se o marido fosse um santo, ela passou a aceitá-la como algo natural. É claro que, quando olha para o retrato, apesar da barba sedosa e negra que chama atenção tal qual um adorno religioso, qualquer mulher, da mais inocente à mais libertina, percebe que o barbudo tem sobrancelhas de demônio e provavelmente cheira a sapo ou a cobra.

Jamais entendi por que as mulheres gostam tanto desse homem. Quem sabe seja sua cara de demônio, sua habilidade para ganhar dinheiro ou aquele retrato que, na minha opinião, alterou a forma de seu verdadeiro rosto, o que o torne atraente.

Antes de se casar, Rosalía tinha nojo dele, e depois de casada, parece mentira, passou a ter mais nojo ainda. Ela não me contou nada disso, mas eu bem sei, de fonte segura. Achou que nunca chegaria a suportá-lo e a amá-lo, mas às vezes a gente se engana a respeito do que é ou que não é possível. Bem se diz que "sobre gostos não há lei" e outras asneiras, sempre as mesmas.

A casa de Rosalía é uma graça; fica em frente ao salão de cabeleireiro onde trabalho. Duas roseiras vermelhas, que na primavera parecem um maço de unhas pintadas, uma bignônia cujas flores me fazem lembrar de minha toalhinha de pano, um jasmim-azul que não deve nada a nenhum tecido florido, chamam a atenção de qualquer indiferente que passa pela rua.

Nós, funcionárias do salão, sabemos de tudo o que acontece no bairro, as idas e vindas das pessoas, qualquer coisa nebulosa que se passe. Somos como os confessores ou os médicos: nada nos escapa. Poucos homens e poucas mulheres podem viver sem nós. Quando tingimos, enrolamos ou cortamos o cabelo de uma cliente, sua vida fica em nossas mãos, como o pozinho das asas das borboletas. Não era sem razão que nossos avós emolduravam em quadros tão memoráveis mechas de cabelo de todos os membros da família! Nada é mais eloquente, mais efusivo nem mais confidencial.

O fato de que a casa de Rosalía fosse linda e invejada por todo o bairro não lhe servia de consolo, e sim a mortificava. Talvez ela pensasse que nessa casa tão bonita teria sido feliz com outro homem e que as comodidades eram supérfluas, um deboche do destino diante de uma vida de padecimentos.

Ela tinha uma geladeira onde cabiam meia dúzia de frangos, uma infinidade de frutas, manteiga e garrafas; tinha também uma máquina de lavar importada, uma máquina de costura elétrica num móvel de madeira clara; como enfeite e para sua diversão, tinha um televisor, além de uma louça e um jogo de mesa invejáveis. No quintal, onde no verão se serviam as refeições, porque era fresco, havia um sem-fim de gaiolas com pássaros que cantavam em concerto, feito violinistas. Mas nada disso a satisfazia, porque uma mulher deve amar seu marido acima de todas as coisas — abaixo de Deus, que fique claro.

Nos primeiros tempos da vida de casada, Rosalía mantinha seu lar como uma casa de bonecas. Tudo era ordenado e limpo. Para o marido, preparava comidas bastante elaboradas. Na porta de entrada, apenas ali, sentia-se o cheiro de frituras apetitosas. Causava admiração que uma mulher como ela, sem grandes conhecimentos de como dirigir uma casa, soubesse se virar. O marido, embasbacado, não sabia que agrados lhe fazer. Deu a ela de presente um colar de ouro, uma bicicleta, um casaco de pele e, por fim, como se não fosse o bastante, um relógio cravejado de pequenos brilhantes, caríssimo.

Rosalía só pensava em uma coisa: como perder o nojo e a repulsa por aquele homem. Durante dias imaginou maneiras de torná-lo mais simpático para si. Tentava fazer com que suas amigas se apaixonassem por ele, para poder, de algum modo, chegar ao carinho através do ciúme, mas disposta a abandoná-lo, isso sim, ao sinal da menor traição.

Às vezes ela fechava os olhos para não ver a cara dele, mas sua voz não era menos odiosa. Tapava as orelhas, como se estivesse alisando o cabelo, para não o escutar: seu aspecto lhe dava náuseas. Como uma enferma que não consegue vencer seu mal, pensou que não tinha cura. Por muito tempo, mais confusa que barata tonta, andou perdida, com os olhos extraviados. Tentando sofrer menos, a coitadinha sempre comia balas, como aquelas criaturas que se consolam com bobagens. Minha patroa me dizia:

— O que acontece com essa senhora? O marido é louco por ela, o que mais ela quer?

— Ser amada não traz felicidade, o que traz felicidade é amar, senhora — eu respondia.

Mas tudo se alcança quando há força de vontade. De tanto se propor a isso, Rosalía chegou a amar de verdade seu marido, mais do que a maioria das mulheres que se pretendem fiéis ou virtuosas.

No início, me parecia impossível vê-la livre desse pesadelo, que deixava todas nós tristes. Até a cor de seu rosto mudou. Adeus, comprimidos para o fígado, adeus, tisanas. Mas o alívio durou pouco. Simultaneamente, aquele barbudo, que na verdade era mesmo um demônio, começou a abandonar Rosalía. Várias pessoas — sobretudo nós, as funcionárias do salão de cabeleireiro — viram o homem na rua, abraçado com uma moça diferente a cada dia. Algum mal-intencionado, desses que não faltam por aí, disse que a moça era eu, pois tenho o costume de mudar de penteado e de óculos, e para alguma coisa me serviria ser cabeleireira e míope. Que desgraçados! Não sou míope: tenho um pequeno desvio num olho.

O homem entrava feito um ladrão na própria casa, nas horas mais inconvenientes, com os sapatos enlameados, cheirando a cigarro e a álcool, como um marinheiro. Não dava nem um alfinete a Rosalía. Quanto abandono! Ela, por sua vez, começou a descuidar da casa. Os canários e as plantas morreram. O ciúme se alinhavava dentro dela o dia todo, tal qual ela alinhavava a costura, com pontos longos e curtos, com pespontos irregulares, pois boa costureira não era.

Cada um dos fios de cabelo da minha cliente e amiga levava uma etiqueta com estas interrogações: Onde andará meu esposo? Quando voltará? Em que lugar de Buenos Aires será que ele encontra aquelas moças?

A geladeira parou de funcionar. Nos quartos amontoavam-se os apetrechos velhos, pelos quais Rosalía já não se interessava. Algo ruim ia acontecer, não tinha jeito.

Certo dia, ela me mostrou uma faca que usava na cozinha para desossar os frangos; brandindo-a, me disse:

— Se as coisas continuarem como estão, vou enfiar essa faca nele, com gordura e tudo.

Achei que estivesse com febre, mas ela falava por amor. Aconselhei-a a se deitar, mas não houve meio de obrigá-la. Durante o dia todo, com os olhos cravados na casa da frente, cumpri com minhas tarefas, esperando, de uma hora para outra, que a tragédia acontecesse. As janelas estavam fechadas e parecia que alguém tinha morrido na casa; mas nada aconteceu.

— Tanto trabalho me deu amar esse homem, e agora me custa tanto deixar de amá-lo — me disse Rosalía no dia seguinte.

Estava mudada. Como quem desfaz um tecido ou uma costura, ela começou a desfazer, a descosturar seu amor. Descobrir que o que nele mais tinha lhe causado repulsa era justamente o que mais a seduzia a deprimiu. Era difícil, quase impossível, ver-se livre de um sentimento alcançado à custa de tanto sofrimento, mas tudo se consegue com força de vontade e tempo.

Durante as refeições, o casal não se falava. Nos feriados, eles dormiam quase todo o tempo, dias em que o sem-vergonha não saía para passear ou não pretendia sair comigo. O colchão da cama de bronze tinha se deformado por causa dos bruscos movimentos de ódio dos cônjuges, que dormiam de costas um para o outro.

Demorou um tempo, mas de novo a repulsa se apoderou de Rosalía. O lar voltou a se parecer com uma casa de bonecas, porque ela não tinha preocupações; voltou a deixá-lo em ordem e a limpá-lo. Para reconquistar a esposa, o marido lhe deu um anel de presente.

E que anel! Qualquer aperto de mão fazia sangrar o dedo que tinha a joia posta. É preciso que se diga a verdade: o homem era generoso e voltou a ser pontual na hora das refeições. Não passava mais as noites em claro por aí e ninguém o via, pela rua, com moças. Rosalía usa o anel, de ouro e com uma água-marinha, quando sai para passear ou a convidam a festas. Fosse eu, o usaria sempre. Ela é modesta em seus gostos. Passei a tingir os cabelos dela: saíram-lhe fios brancos, de tanto querer amar, de tanto não querer amar e de querer amar de novo. O barbudo, depois de tudo, não é tão mau. É como todos os homens.

O prazer e a penitência

Todas as segundas-feiras, às quatro e meia da tarde em ponto, eu levava meu filho Santiago ao ateliê de Armindo Talas, para que este pintasse seu retrato: eu não fazia nada a não ser obedecer a meu marido. Sob suas ordens, seguindo o exemplo de nossos antepassados, grandes pintores faziam retratos de todos os descendentes de nossa família. Na sala de jantar de casa tínhamos os de seus bisavós, pintados por Prilidiano Pueyrredón; os meus, no quarto, pintados por Fabre; no vestíbulo, o do meu pai, fantasiado de índio, por Bermúdez; e o de uma irmã de minha avó, vestida de amazona, por V. Dupit, no patamar escuro de uma escada.

— Que lindo ficaria um retrato seu, meu, de Santiago, de nós três, nesta casa! — repetia meu marido, depois de irem embora as visitas ou enquanto as esperávamos.

Eu o ouvia como quem ouve a chuva. Na época das fotografias, não me parecia urgente adquirir retratos pintados, por mais valiosos que fossem. Eu preferia as fotos instantâneas, com suas ampliações.

Deixamos passar o tempo, mas há caprichos duradouros. Meu marido escolheu o pintor: resolvemos que ele começaria pelo retrato de Santiago, porque tinha cinco anos que não voltaria a ter, enquanto nós dois já começávamos a ter sempre a mesma idade. Meu marido insistia que os retratos tinham que se parecer com o modelo: se o nariz original era aquilino e horrível, ou se era arrebitado e imenso, a cópia tinha que ser assim. Era preciso deixar a beleza de lado. Em uma palavra, ele gostava do ridículo. Eu insistia que a expressão de um rosto não dependia, de modo algum, de suas linhas nem de suas proporções, e que a parecença não se manifesta em meros detalhes.

O ateliê de Armindo Talas ficava na Calle Lavalle, a duas quadras da Callao: era misterioso, empobrecido e enorme, com janelões por onde se entreviam infinitos telhados e pátios com plantas quase pretas. Sobre a borda do cavalete, suja de tinta, às vezes havia migalhas de pão, talvez restos do café da manhã. Nos cantos, entre papéis, apareciam jarras de mel e de café e alguma colher pegajosa. No sótão, amontoavam-se todo tipo de objetos empoeirados, até um cavalinho de carrossel e a cabeça de uma vaca que, segundo me assegurou o pintor, esteve por anos sobre a porta de um açougue de Avellaneda. Poucas vezes na vida, a não ser num jardim ou num museu, eu tinha visto um pintor seriamente dedicado a seu trabalho. Eu ficava fascinada ao ver Armindo Talas preparar a paleta com todas as cores que, como pastas de dente, ele ia tirando das bisnagas, os pincéis que ficavam em um pote e que ele secava cuidadosamente com um pano. Em vez de olhar como Armindo Talas pintava, pouco a pouco, sem perceber, passei a olhar para suas mãos, depois para o queixo, depois para a boca. Não gostei. Eu costumava levar um livro, que nunca consegui ler, porque eu e ele conversávamos sem parar. De quê? Quisera eu reproduzir aqueles diálogos, que eu travava por tédio, mas não sou capaz. Talvez falássemos das notícias dos jornais, ou talvez de lugares pitorescos de Buenos Aires, dos veraneios, disso falávamos muito, agora me lembro, mas jamais de coisas íntimas.

Um dia Santiago se comportou mal: acho que a voz de um vendedor de sorvetes que ia apregoando pela rua o deixou inquieto. Ele gesticulava, não queria parar sentado e a cada instante abria a boca e olhava o teto com cara de bobo. Como única penitência, dei-lhe a mais divertida do mundo: fechei-o à chave no sótão. Ouvi seus passos radiantes, sua alegria, enquanto Armindo aproveitava a oportunidade para me mostrar quadros, livros, fotografias. Olhamo-nos nos olhos pela primeira vez. Ele pediu que eu erguesse meus cabelos para admirar meu perfil com a orelha descoberta. Foi como se me mandasse tirar a roupa. Eu não quis. Ele insistiu. Não sei como, terminamos sentados no divã azul, debaixo do janelão, ele com lápis e papel nas mãos, eu, mostrando-lhe meu perfil com a orelha descoberta. Falávamos sem parar. Quem era o tagarela? Nenhum dos dois. Estávamos nervosos. Ele me confessou que o fato de retratar meu filho o assustava um pouco, porque era a primeira vez que pintava o rosto de uma criança. Para ele, cada quadro que pintava era como se fosse o primeiro. Protestei, acusando-o de ser modesto. Respondeu:

— Ao contrário. Nisso consiste ser um grande pintor. Cada quadro é um problema novo, um problema inesperado.

Ao vê-lo aflito, eu o consolei o melhor que pude. Tomei sua mão e olhei o desenho que tinha feito do meu perfil. Presumi que, em uma lâmina de estudo de anatomia, essa orelha seria uma parte muito vergonhosa do corpo humano. Pareceu-me indecente, eu disse a ele, e rasguei o papel. Ele sorriu, satisfeito. Estudamos o retrato de Santiago, o retiramos do cavalete e o colocamos numa moldura. Ninguém teria reconhecido meu filho nele. Prometi a Armindo fotografias, que poderiam lhe servir de ajuda.

No sótão não se ouvia nenhum ruído. Comecei a ficar preocupada com Santiago.

— Será que não se matou? — eu disse. — Ele pode ter se atirado pela janela.

— A janela fica no alto — respondeu Armindo.

— Ele pode ingerir tinta. É um menino violento.

— Lá não tem tinta.

Corri para abrir a porta. Santiago estava brincando com uns bonecos articulados e não quis sair do sótão. Arranhou meu braço. Voltei a trancá-lo.

Então, sem saber o que fazer, nos abraçamos como se nos despedíssemos, desesperadamente. Tudo correu de forma natural enquanto olhávamos o malogrado retrato de Santiago.

Cada vez que eu levava Santiago ao ateliê, para lhe infligir a consabida penitência, involuntariamente eu conseguia fazer com que ele se comportasse mal. Não havia outro pretexto para trancá-lo no sótão. Armindo e eu sabíamos que nosso prazer duraria o tempo da penitência. Desse modo, estraguei a educação de Santiago, que acabou me pedindo que eu o pusesse de castigo a toda hora.

O retrato se parecia cada vez menos com o modelo. Foi em vão que indiquei a Armindo certas características do rosto do meu filho: a boca de lábios grossos, os olhos um pouco oblíquos, o queixo proeminente. Armindo não conseguia corrigir essa cara. Ela tinha vida própria, ineludível. Uma vez concluído o retrato, pensamos que nossa felicidade também tinha chegado ao fim.

Naquele dia, voltei para casa de táxi, com Santiago, com o retrato e com um espinho cravado no fígado. Meu marido, ao ver o quadro, declarou que não iria pagar por ele. Sugeri que podíamos trocá-lo por uma natureza-morta ou por um leão parecido com os de Delos. Durante uma semana, o quadro andou de cadeira em cadeira, para que os vissem as visitas e os criados. Ninguém reconhecia Santiago nele, por mais que Santiago se colocasse ao lado do retrato. O quadro terminou atrás de um armário. Então fiquei grávida. Não padeci de mal-estares nem enfeei, como da primeira vez. Comer, dormir, passear ao sol foram minhas únicas ocupações, além de algum encontro furtivo com Armindo, que me abraçava como se abraça uma almofada gorda. Não podíamos nos amar sem que Santiago estivesse em penitência, no sótão.

Dei à luz sem dor.

Quando meu filho caçula estava com cinco anos, durante uma mudança, meu marido comprovou que ele era idêntico ao retrato de Santiago. Pôs o quadro na sala.

Nunca saberei se esse retrato para o qual eu tanto olhei formou a imagem daquele futuro filho em minha família ou se Armindo pintou essa imagem à semelhança de seu filho, em mim.

Os amigos

Foram muitos os infortúnios que aconteceram em nosso povoado. Uma inundação cortou nossa comunicação com o centro da cidade. Lembro que durante dois meses não pudemos ir ao colégio nem à farmácia. Com a corredeira do rio, que transbordou, algumas das paredes da escola vieram abaixo. No ano seguinte, uma epidemia de febre tifoide matou minha tia, que era uma mulher devota, porém severa, a professora e o padre da paróquia, por quem meus pais tinham muita estima. Em três semanas foram trinta os casos fatais. O povoado quase inteiro estava de luto, o cemitério parecia uma exposição de flores e as ruas, um concerto de sinos.

Meu amigo Cornelio morava no segundo andar de nossa casa. Tínhamos sete anos. Éramos como irmãos, porque nossas famílias eram muito unidas. Dividíamos nossos brinquedos, nossos pais, nossas tias, nossas refeições. Íamos juntos ao colégio. Cornelio aprendia com facilidade qualquer lição, mas não gostava de estudar. Eu aprendia com dificuldade, mas gostava de estudar. Ele detestava a professora; eu a adorava.

— Vai ser santo — dizia tia Fermina, tristemente.

— Isso já, já passa — dizia tia Claudia, que tinha cara de ema. — Não há por que se afligir.

Do mesmo jeito que uma ema sacode as asas, ela sacudia os ombros ao falar.

— O que tem de errado em ser santo? — dizia bruscamente minha mãe.

— Se fosse com seu filho, você não ia achar nenhuma graça — respondia a mãe de Cornelio.

— Por quê? Por acaso não é melhor estar bem com Deus?

— As penitências, o jejum, o retiro... — pronunciava a mãe de Cornelio, pausadamente, com terror e também com deleite.

— Você prefere o álcool, as mulheres, a política? Tem medo de que te roubem o filho? Deus ou o mundo, um dos dois vai tirá-lo de você.

— Deus? Pelo menos é mais sério.

Nossas mães sorriam melancolicamente, como se tivessem chegado a um acordo. Eu escutava a tudo em silêncio. Tinha visto Cornelio com seu avental branco, um missal na mão, ajoelhado diante da janela, rezando em horas improváveis. Quando eu entrava no quarto, ele, ruborizado, fingia que estava estudando um livro de gramática ou de história, e rapidamente escondia o missal debaixo do assento ou em uma gaveta, para que eu não o visse. Eu me perguntava por que ele tinha vergonha de sua devoção. Será que rezar, para ele, era igual a brincar de boneca? Ele nunca se abria comigo nem me falava sobre assuntos religiosos. Apesar de nossa pouca idade, éramos como homens, conversávamos com desenvoltura sobre namoros, casamentos, sexo. Isso contradizia a atitude mística e recatada de Cornelio.

— Quando rezo pedindo uma graça, a graça é concedida — ele me disse certo dia, cantarolando, todo orgulhoso.

Repeti a frase para minhas tias, que ficaram falando disso

por muito tempo. Elas atribuíam a devoção de Cornelio às profundas intuições que ele teve durante as catástrofes que haviam assolado nosso povoado. O fato de um menino da nossa idade ter visto tantos mortos em um lapso de tempo tão curto certamente tinha deixado marcas em sua alma. Já minha natureza insensível e um pouco perversa tinha impedido que esses acontecimentos influenciassem minha personalidade. O misticismo de Cornelio havia começado antes que ocorressem a inundação e a epidemia; era absurdo, portanto, atribuí-lo a esses fatos. De um jeito obscuro, eu percebia o erro no qual incorriam todas aquelas pessoas mais velhas, mas sempre fui de me calar e aceitar. Aceitei, afinal, meu papel de menino perverso, em oposição a Cornelio, que era a sensibilidade e a bondade encarnadas. Não deixei de sentir ciúme e admiração pelo culpado involuntário da minha inferioridade. Muitas vezes, fechado no quarto, chorei por meus pecados, pedindo a Deus que me concedesse o favor de me tornar parecido com meu amigo.

A dominação que Cornelio exercia sobre mim era grande: jamais quis contrariá-lo nem quis aborrecê-lo ou magoá-lo, mas ele exigia que eu o contrariasse, que o aborrecesse, que o magoasse.

Um dia ele se chateou comigo porque eu lhe arranquei o canivete. Eu tinha que recorrer a esse tipo de estratagema para que ele não me desprezasse. Outro dia, quando peguei o estojo dele, ele me bateu e me arranhou.

— Se você pegar outra coisa minha de novo, vou pedir para você morrer — me disse. Eu ri: — Não acredita em mim? Lembra da inundação e da epidemia que aconteceram um tempo atrás? Acha que foi por acaso?

— A inundação? — interroguei.

— Eu que fiz. Foi obra minha.

Talvez ele não tenha dito com essas palavras; mas falou como um homem, e suas palavras foram precisas.

— E para quê?
— Para não ter que ir ao colégio. Para que mais? Para que se reza?
— E a epidemia? — sussurrei, contendo a respiração.
— Também. Essa me deu menos trabalho ainda.
— E para quê?
— Para matar a professora e a minha tia. Posso fazer você morrer, se me der na telha.

Eu ri, porque sabia que ele ia me achar um bobo se não risse dele. No espelho do armário, diante de nós, vi que eu estava fazendo uma careta. Meu sangue gelou e assim que pude fui contar às tias o diálogo que tive com meu amigo. As tias riram da minha aflição.

— É brincadeira dele — disseram. — O menino é um santo.

Mas Rita, minha prima, que parecia uma velhinha e sempre escutava as conversas, disse:

— Santo coisa nenhuma. Nem reza pra Deus. Tem pacto com o diabo. Vocês não viram o missal dele? A capa é igual a todas as capas de missais, mas o que está escrito dentro é bem diferente. Não dá pra entender nada do que está impresso naquelas páginas horrorosas. Querem ver? Traz o livro aqui — me ordenou. — Está na gaveta da cômoda, envolvido em um lenço.

Hesitei. Como poderia eu trair Cornelio? Os segredos são sagrados, mas minha fraqueza acabou vencendo. Fui ao quarto dele e, tremendo, trouxe o livro de missa, envolto num lenço. Minha tia Claudia desatou as pontas do pano e tirou o livro. Tinha uma folha sobreposta colada sobre a folha original. Consegui ver os sinais indecifráveis e os desenhos demoníacos que Rita descrevera.

— O que vamos fazer? — disseram as minhas tias.

A mãe de Cornelio me devolveu o livro e me deu a ordem:

— Pode guardá-lo onde achou — e, dirigindo-se a Rita, disse: — Você merecia que eu te denunciasse por calúnia. Ah, se a gente estivesse na Inglaterra!

Minhas tias emitiram um pio de coruja ofendida.

— O menino é um santo. Deve ter seu próprio idioma para se comunicar com Deus — declarou minha mãe, olhando severa para Rita, que se engasgou com uma bala de menta.

— E se ele conseguir me fazer morrer? — perguntei, gaguejando.

Todas as mulheres riram, até mesmo Rita, que momentos antes tinha assegurado que entre o diabo e Cornelio existia um pacto.

Que seriedade havia nas palavras dos adultos? Quem iria acreditar em mim ou me levar a sério?

Rita tinha feito troça de mim. Então, para provar a veracidade de minhas palavras, subi ao quarto de Cornelio e, em vez de guardar na gaveta o missal que estava em minhas mãos, eu o pus no bolso e peguei o objeto do qual ele mais gostava: um relógio de plástico, com ponteiros móveis.

Lembro que era tarde e que estávamos todos reunidos para jantar, a família toda. Como era verão, depois de comer, saí ao jardim com minha tia. Cornelio sem dúvida ainda não tinha entrado em seu quarto nem tinha notado que estava faltando alguma coisa lá.

Que poder tinha Cornelio para que suas orações fossem escutadas? Que tipo de morte ele pediria para mim? Fogo, água, sangue? Todas essas palavras passaram pela minha cabeça quando ouvi passos na escada e em seu quarto. Eu confundia os golpes secos de seus sapatos no piso com as batidas do meu coração. Estava a ponto de sair correndo dali e enterrar o relógio e o missal no jardim; mas sabia que não podia enganar Cornelio, afinal ele tinha se alinhado a um ser superior a nós. Escutei sua voz me chamando: seu grito era um rugido que desentranhava meu nome. Subi a escada que conduzia ao quarto dele. Parei por uns instantes no patamar entre os degraus, espreitando seus movimentos pela porta entreaberta; em seguida me aventurei pela escada que leva ao sótão, que estava bamba e tinha alguns degraus quebrados. Cornelio, do patamar da outra escada, me interpelou e eu, em vez de responder, atirei em sua cara o livro e o relógio. Ele não disse nada. Recolheu-os. Ajoelhou-se e leu as páginas avidamente. Pela primeira vez Cornelio não sentia vergonha de que o vissem rezando. O degrau em que eu estava rangia e de repente cedeu: ao cair, dei com a nuca nos barrotes de ferro do balaústre.

Quando recuperei a consciência, estava rodeado por toda a família; Cornelio, num canto do quarto, estava imóvel, com os braços cruzados.

Eu ia morrer, com certeza, pois, como se estivesse no fundo de um poço com água, via os rostos assomados sobre a minha cara.

— Por que não pede a Deus para salvar seu amiguinho? Você não diz que Deus te concede tudo o que pede? — ousou murmurar minha tia Fermina.

Cornelio se prosternou no chão, feito um muçulmano. Bateu a cabeça contra o piso e respondeu com voz de menino mimado:

— Só consigo trazer doença ou morte.

Minha mãe o olhou com horror, ajoelhou-se a seu lado e, puxando-o pelos cabelos como se ele fosse um cachorro, disse:

— Tente, meu queridinho. Não custa nada rezar. Deus terá que te ouvir.

Por dias flutuei em um limbo rosado e azul, entre a vida e a morte. As vozes tinham se afastado. Eu não reconhecia os rostos, eles continuavam tremulando no fundo da água. Quando me curei, dois meses depois, todos agradeceram Cornelio por minha boa sorte: segundo minhas tias e nossas mães, ele tinha me salvado. Voltei a ouvir os cantos de louvor à santidade dele.

Ninguém mais se lembrava das lágrimas que tinham derramado por mim nem do carinho que a gravidade da minha situação havia lhes inspirado. Outra vez eu era o menino insensível e um pouco perverso, tão inferior ao amigo.

Através das minhas tias, da costureira e das amigas da casa, chegaram ao povoado pormenores contraditórios do que tinha acontecido. Não faltou quem comentasse a inclinação mística de Cornelio. Algumas pessoas disseram que meu amigo era um santo, outras, que era um bruxo e que não convinha frequentar nossa casa, por conta de seus feitiços. Quando minha tia Claudia se casou, ninguém veio para a festa.

Cornelio era bruxo ou santo? Noites a fio, virando e desvirando meu travesseiro em busca de um lugar fresco onde pôr a cabeça febril, eu pensava se era santidade ou se era bruxaria. Será que até Rita tinha se esquecido da suspeita que teve?

Certo dia fomos ao riacho do Sauce, para pescar. Levávamos uma cestinha com alimentos, para passar o dia lá. Andrés, nosso vizinho, um amante da pescaria, já estava instalado na beira, com a vara preparada. Um cachorro se aproximou de nós e ficou fazendo gracinhas, como costumam fazer os cães perdidos. Andrés anunciou que o levaria para sua casa; Cornelio disse a mesma coisa, que ele o levaria; por esse embate, começaram a discutir. Pegaram-se aos socos e Cornelio caiu no chão, vencido. Andrés, cheio de si, arrumou suas coisas, tomou o cachorro nos braços e partiu. Do chão, Cornelio começou suas imprecações: o ruído que seus lábios soltavam era semelhante ao da água quando ferve na panela. Andrés não conseguiu andar nem vinte metros; caiu no chão; de sua boca saía espuma. O cachorro, livre, correu ao nosso encontro. Depois soubemos que Andrés tinha se tornado epilético.

Quando Cornelio e eu passeávamos pela rua, as pessoas cochichavam: sabiam que ele era bruxo, que não era santo como nossa família acreditava. Numa Sexta-Feira Santa, as crianças não nos deixaram entrar na igreja: fomos apedrejados.

Como eu faria para castigar Cornelio? Conseguiria isso com minha morte, como prova de suas perversões e de que eu falava a verdade? Num segundo imaginei a vida dele arruinada para sempre, perseguido pela minha recordação, como Caim pela memória de Abel. Procurei um jeito de deixá-lo furioso. Eu tinha que fazer com que suas imprecações caíssem de novo sobre mim. Lamentava que a morte me impossibilitasse de testemunhar seu arrependimento, quando sua vontade se cumprisse. Será que o arrependimento o impediria de repetir aqueles pedidos sinistros?

Estávamos na beira do riacho do Sauce. Observávamos um martim-pescador, que mergulhava sem parar na água, com uma rapidez vertiginosa. Cada um de nós tinha um estilingue. Apontamos: Cornelio mirou no martim-pescador; eu, a esmo, para perder o tiro. Cornelio, bom atirador que era, acertou a cabeça do pássaro, que caiu ferido. Entramos no riacho para tirá-lo da água. Em seguida, já na beira d'água, começou a discussão sobre quem tinha matado o martim-pescador. Insisti firmemente que era eu o dono da presa.

Havia um lugar muito profundo no riacho, onde não dava pé. Eu o conhecia bem, porque ali se podia ver uma espécie de redemoinho. Meu pai tinha me mostrado. Recolhi o pássaro, corri pela margem até chegar à frente do lugar onde se via aquele misterioso movimento da água. Andrés estava por ali, pescando como de costume. Parei e atirei o pássaro no redemoinho. Cornelio, que estava me perseguindo, atirou-se ao chão de joelhos. Ouvi o aterrador murmúrio de seus lábios; ele repetia meu nome. Um suor frio umedeceu minha nuca, os braços, os cabelos. O gramado, as árvores, as encostas, Andrés, tudo começou a tremular, a girar. Vi a morte com sua foice. Em seguida ouvi que

Cornelio pronunciava o próprio nome. Não percebi, tamanho era o meu estupor, que Cornelio tinha se atirado à água; nem tentou alcançar o pássaro; debatia-se na água, se afundava, pois não sabia nadar. Andrés gritou, sem se alterar muito, com voz ácida, de papagaio:

— Idiota. De que adianta agora ser bruxo?

Compreendi, depois de muitos anos, que em seu instante derradeiro Cornelio mudou o conteúdo de seu último rogo: para me salvar, em troca da minha, que talvez já tivesse sido concedida, pediu a própria morte.

Relatório do Céu e do Inferno

A exemplo das grandes casas de leilão, o Céu e o Inferno contêm, em suas galerias, amontoados de objetos que não assombrariam ninguém, porque são os que habitualmente existem nas casas do mundo. Mas a coisa não se explica com clareza ao se falar apenas de objetos: nessas galerias também há cidades, povoados, jardins, montanhas, vales, sóis, luas, ventos, mares, estrelas, reflexos, temperaturas, sabores, perfumes, sons, pois a eternidade nos apresenta todo tipo de sensação e de espetáculo.

Se o vento ruge a ti feito um tigre e a pomba angelical te olha com olhos de hiena, se um homem requintado que cruza a rua vai vestido de andrajos lascivos; se a rosa premiada que recebes é um traste desbotado e menos interessante que um pardal; se o rosto da tua mulher é um tronco descascado e furioso: teus olhos, e não Deus, assim os criaram.

Quando morreres, os demônios e os anjos, que são igualmente ávidos, sabendo que estás adormecido, um pouco neste mundo e um pouco em qualquer outro, se aproximarão disfarçados ao teu leito e, acariciando a tua cabeça, te dirão para escolher as coisas que preferistes ao longo da vida. Numa espécie de mostruário, no início, vão te exibir as coisas elementares. Se te mostrarem o sol, a lua ou as estrelas, tu os verás em uma esfera de vidro pintada e acreditarás que essa esfera de vidro é o mundo; se te mostrarem o mar ou as montanhas, tu os verás em uma pedra, e acreditarás que essa pedra é o mar e as montanhas; se te mostrarem um cavalo, será uma miniatura, mas tu irás acreditar que esse cavalo é um cavalo verdadeiro. Os anjos e os demônios confundirão o teu espírito com imagens de flores, de frutas lustrosas e de bombons; fazendo-te crer que és outra vez criança, vão te pôr sentado em uma cadeirinha feita com braços e mãos, chamada também de cadeira da rainha ou cadeirinha de ouro, e desse modo te levarão, com as mãos entrelaçadas, pelos corredores até o centro de tua vida, onde moram tuas preferências. Tem cuidado. Se escolheres mais coisas do Inferno que do Céu, talvez irás para o Céu; do contrário, se escolheres mais coisas do Céu que do Inferno, corres o risco de ir para o Inferno, pois teu amor pelas coisas celestiais denotará mera concupiscência.

As leis do Céu e do Inferno são versáteis. Ir a um lugar ou ao outro depende de um ínfimo detalhe. Conheço pessoas que por causa de uma chave defeituosa ou uma gaiola de vime foram para o Inferno, e outras que, por uma folha de jornal ou uma xícara de leite, ao Céu.

A raça inextinguível

Naquela cidade, tudo era perfeito e pequeno: as casas, os móveis, as ferramentas de trabalho, as lojas, os jardins. Tentei investigar que raça tão avançada de pigmeus a habitava. Um menino de olhos fundos me deu a informação:

Somos aqueles que trabalham: nossos pais, um tanto por egoísmo, outro tanto para nos fazer pegar o gosto, implementaram essa maneira de viver, econômica e agradável. Enquanto eles ficam sentados em suas casas, jogando cartas, tocando algum instrumento musical, lendo ou conversando, amando, odiando (pois são passionais), nós brincamos de edificar, de limpar, de fazer trabalhos de carpintaria, de colher, de vender. Usamos ferramentas de trabalho proporcionais ao nosso tamanho. Cumprimos as obrigações cotidianas com surpreendente facilidade. Devo confessar que, no começo, alguns animais, sobretudo os adestrados, não nos respeitavam, porque sabiam que éramos crianças. Mas pouco a pouco, com alguns truques, passaram a nos respeitar. Os trabalhos que fazemos não são difíceis: são cansativos. Com frequência suamos feito um cavalo que se lança numa corrida. Às vezes nos estiramos no chão e não queremos continuar brincando (comemos grama ou torrõezinhos de terra, ou nos contentamos com lamber as lajotas), mas esse chilique dura apenas um instante, "não passa de uma chuva de verão", como diz minha prima. É claro que tudo é vantagem para nossos pais. Mas eles também têm alguns inconvenientes; por exemplo: precisam entrar na própria casa se agachando, quase de cócoras, porque as portas e as casas são diminutas. A palavra *diminuta* está sempre em seus lábios. A quantidade de alimento que conseguem, de acordo com as queixas das minhas tias, que são glutonas, é reduzidíssima. As jarras e os copos em que tomam água não os satisfazem e talvez isso explique que tenha havido ultimamente tanto roubo de baldes e de outras quinquilharias. A roupa fica apertada neles, pois nossas máquinas não servem, nem servirão, para fazê-las em medidas tão grandes. A maioria dorme encolhida, pois não dispõe de muitas camas. De noite, tremem de frio se não se cobrem com uma infinidade de mantas que, segundo as palavras do meu pobre pai, mais parecem lenços. Atualmente há muita gente protestando por causa dos bolos de casamento, que ninguém experimenta por cortesia; por causa das perucas, que não tapam as calvícies mais moderadas; por causa das gaiolas, onde entram apenas beija-flores embalsamados. Desconfio de que para demonstrar seu despeito essa mesma gente quase nunca comparece a nossas cerimônias nem às nossas apresentações teatrais ou às sessões de cinema. Devo dizer que não cabem nas poltronas e que a ideia de se sentar no chão, em um lugar público, os deixa horrorizados. No entanto, algumas pessoas de estatura mediana, inescrupulosas que são (cada dia há mais delas), ocupam nossos lugares, sem que possamos perceber. Somos crédulos, mas não bobos. Demoramos muito para descobrir os impostores. Os adultos, quando são baixos, muito baixos, se parecem com a gente; "com a gente", que fique claro, quando estamos cansados: têm linhas no rosto, inchaço sob os olhos, falam de um jeito vago, misturando vários idiomas. Um dia me confundiram com uma dessas criaturas: não quero nem lembrar. Agora é mais fácil descobrir os impostores. Montamos guarda, para expulsá-los de nosso círculo. Somos felizes. Acho que somos felizes.

É verdade que algumas preocupações nos abrumam: corre o boato de que, por culpa nossa, as pessoas, quando adultas, não alcançam as proporções normais, vale dizer, as proporções exorbitantes que as caracterizam. Há quem tenha a estatura de uma criança de dez anos; outros, mais sortudos, a de uma criança de sete. Fingem ser crianças sem saber que se é criança não por uma deficiência de centímetros. Nós, ao contrário, segundo as estatísticas, diminuímos de estatura sem nos debilitar, sem deixar de ser o que somos, sem pretender enganar ninguém.

Isso nos orgulha, mas também nos preocupa. Meu irmão já me disse que suas ferramentas de carpintaria estão pesadas para ele. Uma amiga me disse que sua agulha de bordar lhe parece grande como uma espada. Eu mesmo encontro certa dificuldade em manejar o machado.

Já o perigo de que nossos pais ocupem o lugar que nos concederam não nos preocupa tanto, porque é coisa que nunca vamos permitir, pois antes de entregar nossas máquinas, vamos quebrá-las, destruiremos as usinas elétricas e as instalações de água corrente; o que nos inquieta mesmo é a posteridade, o futuro da raça.

É verdade que alguns de nós afirmam que ao nos reduzirmos, ao longo do tempo, nossa visão de mundo será mais íntima e mais humana.

Posfácio
Um chamado à lucidez e à imaginação

Laura Janina Hosiasson

> *O perigo é que estes contos dizem incessantemente algo mais, outra coisa, que não dizem...*
>
> Alejandra Pizarnik*

Finalmente vemos chegar ao Brasil um livro de Silvina Ocampo, que se pode situar entre os escritores mais surpreendentes e intensos que a Argentina já produziu. O desconhecimento dela por aqui é um desses mistérios difíceis de entender, sobretudo quando verificamos que, além de integrar o grupo seleto de Jorge Luis Borges e Adolfo Bioy Casares e de ter sido uma das preferidas de Julio Cortázar e de Roberto Bolaño, é possível estabelecer várias pontes entre sua literatura e a de nossa Clarice Lispector. De fato, as duas leram uma à outra e só não se encontraram na viagem de Clarice a Buenos Aires para a feira do livro de 1976 por um azar de última hora.**

---

* "Dominios ilícitos". *Sur*, Buenos Aires, n. 311, pp. 91-5, 1968.
** Segundo Silvina contou, Clarice queria encontrá-la, mas ela não pôde

Fora do contexto argentino, sua produção nos chega menos marcada pelo "selo Ocampo", que ela carrega de sua origem oligárquica, e a força de sua narrativa pode ser apreciada por si só. O poder das imagens, o magnetismo do insólito, o extravagante que brota do centro do espaço burguês, somados ao lado perverso dos "anjos" da infância, atingem o leitor desde as primeiras frases.

Sua carreira literária principiou pela lírica que ela nunca abandonou. Publicou livros de poesia e de prosa até o final da vida. Mas é preciso dizer que, em Silvina Ocampo, poesia e narrativa caminham de mãos dadas. O uso do verso livre em poemas narrativos e de prosa poética em contos com enorme teor lírico ajuda a embaralhar os gêneros de forma coesa e consistente. Silvina chegou a reescrever o conto "Autobiografía de Irene" (1948) como poema! Traços fortes do pendor poético permanecem vivos em seus contos: "Me apaixonei quando ela pronunciou um alexandrino (você me ensinou métrica, Octavio)", afirma o narrador de "A fúria", conto homônimo desta coletânea.

Antes de *La furia y otros cuentos*, de 1959, Ocampo tinha escrito e publicado dois livros de prosa: *Viaje olvidado*, em 1937, e *Autobiografía de Irene*, em 1948. Neles já mostrava sua força e peculiaridade narrativa, mas ela ainda parecia estar à procura de uma voz própria, como ponderou certa vez Edgardo Cozarinsky,* aludindo a uma proximidade ainda muito marcada com Borges e Bioy Casares. O primeiro, grande amigo de sua vida inteira, e o segundo, seu marido desde os anos 1930 até sua morte, em 1993.

A fúria e outros contos se mostra então um livro decisivo e

---

chegar nesse dia: "*Ella quiso conocerme, yo no pude ir aquel día y lo sentí de verdad*". Noemí Ulla, *Encuentros con Silvina Ocampo* [1982]. Buenos Aires: Leviatán, 2003.
* Edgardo Cozarinsky, "Silvina Ocampo: La ferocidad de la inocencia". Prólogo à edição espanhola. Barcelona: Emecé, 2003.

já completamente maduro, que assinala a entrada em cena de uma narradora em plena posse de uma forma pessoal na modulação de suas histórias, que irá caracterizá-la daí em diante. Esse seu modo peculiar de narrar parece estar vinculado em parte com sua vocação pictórica. Silvina se dedicou desde cedo à pintura e sabe-se que quando jovem estudou em Paris com Fernand Lèger e Giorgio de Chirico. Embora tenha optado mais tarde pela literatura, nunca deixou de desenhar e de retratar amigos, no ateliê montado em sua casa. Daí é possível extrair a precisão de seu olhar para o espaço ficcional, para o detalhe arquitetônico dos ambientes, a decoração de interiores, o desenho de jardins e parques, que, longe de funcionarem como simples cenários, estão ativamente ligados ao sentido profundo das tramas. Assim, também, as breves e certeiras pinceladas na caracterização de seus personagens, misturando gestos e sentimentos em busca de traços específicos de amplo efeito imaginativo. Um bom exemplo disso encontramos em "A fúria": "Eu a conheci em Palermo. Seus olhos brilhavam, só agora me dou conta, como os das hienas. Fazia-me lembrar uma das Fúrias. Era frágil e nervosa, como costumam ser as mulheres de que você não gosta, Octavio. Os cabelos negros eram finos e crespos, como os pelos das axilas. Nunca soube que perfume usava, pois seu cheiro natural modificava o do frasco sem etiqueta, decorado com cupidos, que vislumbrei na bagunça dentro de sua bolsa".

Sua prosa sibilina, irônica, mordaz e, ao mesmo tempo, perversamente ingênua, embalada pelo ritmo preciso da descrição dos detalhes, captura o leitor para dentro de um universo familiar e doméstico, de casinhas kitsch ("A casa de açúcar"), casarões ("Voz ao telefone") e cortiços ("O porão"), quartos de costura ("O vestido de veludo"), cozinhas, saguões e porões, no interior dos quais o sinistro e o estranhamento (o *Unheimliche* freudiano) se insurgem como uma onda capaz de destruir qualquer proteção da equilibrada rotina burguesa.

Essa inquietante estranheza brota do confronto entre o ambiente rotineiro e a extravagância imaginativa, instaurando a ambiguidade que desequilibra e desmorona os mitos do amor, da fidelidade, da bondade, da caridade e de toda a lista de bons sentimentos. Um dos muitos exemplos pode ser encontrado numa passagem de pungente humor negro de "As fotografias": festeja-se o aniversário de uma menina de catorze anos, Adriana, recém-saída do hospital após um acidente que a deixou inválida. A família toda — primos, primas, tios, tias e amigos — está reunida em casa, durante o verão, ao redor da mesa do jardim repleta de guloseimas e bebidas. Enquanto aguardam a chegada de um fotógrafo, eles se entretêm "contando histórias de acidentes mais ou menos fatais", cujas vítimas teriam ficado sem braços, sem mãos e sem orelhas... Entre a piada de mau gosto e o desfecho macabro, desenrola-se essa história alucinada. Narrada por uma das convidadas, são recuperados detalhes escabrosos da festa sob o calor acachapante, como o da amiga que executa uma pantomima do balé A *morte do cisne* para fazer rir a plateia, o do olho de vidro de uma das velhinhas presentes, e o do fotógrafo atordoado diante da bagunça geral. Nenhum dos convidados parece prestar atenção na aniversariante, que, aos poucos, irá desfalecendo sem que ninguém se dê conta. A mistura do horror com o humor corrosivo na exposição dos fatos constitui um dos procedimentos mais evidentes em sua escrita.

Dentre os seres que habitam nos espaços de Silvina Ocampo, muitos são crianças, porém nada inocentes nem afáveis, e sim capazes de maldades atrozes. Elas atuam no mundo com um misto de ingenuidade e de perversidade, como nos casos emblemáticos de "O casamento" e de "Voz ao telefone". No outro extremo, encontram-se os velhos com os quais meninas e meninos estabelecem pontes e alianças, a exemplo de "O rebento", "Os objetos" e "A sibila". Mas, se não existe condescendência com as crianças, tampouco ela existe com relação aos numerosos velhos e velhas que se defrontam com a passagem do tempo e a decrepitude, cuja descrição pode ser feroz: "Era tão velha que parecia uma garatuja; não dava para ver nem seus olhos nem a boca. Cheirava a terra, a erva, a folha seca; não a gente", como lembra o narrador, um cachorro chamado Garotinho em "Os sonhos de Leopoldina". Por outro lado, o descaso e os maus-tratos recebidos ("A casa dos relógios" é paradigmático neste sentido) se combinam com a perversão e a crueldade geral, crianças e velhos incluídos.

Como nos sonhos, aqui se está num mundo sem regra moral, no qual os impulsos não têm censura e não há espaço para a culpa. A aparente ordem das famílias é posta a nu pelo escancaramento de sentimentos obscuros, de taras e pulsões sexuais sem repressão, que pululam no interior de sua engrenagem.

Nos contos, em geral muito breves, nos deparamos com uma sorte de androginia narrativa: meninos, meninas, mulheres ou homens — testemunhas ou agentes dos acontecimentos — alternam-se no relato de anedotas perversas e, por vezes, angustiantes, com absoluta inconsciência. Crianças ou adultos, e inclusive animais, como em "Os sonhos de Leopoldina", narram acontecimentos da infância, da adolescência ou da vida adulta com o mesmo despudor e amoralismo. Não há hipocrisia em suas falas, embora às vezes esta possa se manifestar de forma oblíqua. Daí o teor infantil desse coro de vozes que compõe o livro, vozes pouco confiáveis que narram sem medida nem critério de valor, estabelecendo uma distância irônica com a crueldade daquilo que é dito, como já foi observado por Daniel Balderston.* O leitor atento e familiarizado aos poucos com a dinâmica

---

* Daniel Balderston, "Los cuentos crueles de Silvina Ocampo y Juan Rodolfo Wilcock". Pittsburg: *Iberoamericana*, 1983, pp. 743-52.

desta escrita já prevê que o que lê não é bem o que parece... Um desajuste paira em cada frase, como um prenúncio de catástrofe.

Proliferam os contrastes que desenham um mundo repleto de arestas, espelhamentos e oposições. Os gestos dos diversos tipos de personagens, de diferentes idades e estratos sociais, são transmitidos de tal forma que parecem estar sempre numa espécie de corda bamba entre a normalidade e a exceção. A dinâmica narrativa, tanto na estrutura do enredo quanto na caracterização, assim como no ritmo da elocução — a sintaxe truncada e os efeitos inusitados —, permite a ampla exposição de uma tensão dialética em seu interior. Por fim, a história não se fecha de todo; ao contrário, depois da explosão do fato perturbador, tudo reverbera, em aberto.

Longe da lógica do gênero policial e beirando o insólito e o nonsense, os grandes crimes (os assassinatos) ou as "infrações" menores (as pequenas, ínfimas crueldades) são perpetrados impunemente, e a vida continua seu curso, insinuando-se uma aura de sarcasmo. O castigo está fora de vista, ao menos no plano factual e moral, já que culpa e remorso, quando assomam no horizonte, parecem se abater sobre o que virá depois, após a leitura, e aí com o leitor já inteiramente implicado.

Diante do fato consumado — pois geralmente se trata de algo já acontecido —, o leitor é posto no lugar de depositário último de confissões, confidências, depoimentos ou cartas íntimas, perturbadoramente reveladores. Nas palavras de Enrique Pezzoni,* um de seus primeiros críticos, os contos de Silvina Ocampo subjugam e desmontam o leitor, que se vê sempre desprevenido diante de relatos irresistíveis e estranhos, "instalados numa espécie de ilegalidade". Perplexo e atônito, ele é convidado a

---

* Enrique Pezzoni, "Silvina Ocampo: La nostalgia del orden". *Sitio*, Buenos Aires, n. 1, pp. 109-12, 1981.

mergulhar em sua própria intimidade para enfrentar fantasmas pessoais.

    Silvina Ocampo convida à fantasia e à imaginação sem escrúpulos nem preconceitos; presenteia-nos com a possibilidade do sonho acordado para um despertar mais agudo, mais crítico e menos iludido, mais consciente, cara a cara com um mundo desprovido de máscaras.

1ª EDIÇÃO [2019] 4 reimpressões

ESTA OBRA FOI COMPOSTA PELO GRUPO DE CRIAÇÃO EM ELECTRA E
IMPRESSA PELA GRÁFICA BARTIRA EM OFSETE SOBRE PAPEL PÓLEN
DA SUZANO S.A. PARA A EDITORA SCHWARCZ EM JUNHO DE 2024

A marca FSC® é a garantia de que a madeira utilizada na fabricação do papel deste livro provém de florestas que foram gerenciadas de maneira ambientalmente correta, socialmente justa e economicamente viável, além de outras fontes de origem controlada.